프라하로
여행하는
모차르트

Mozart auf der

ie nach Prag

에두아르트 뫼리케
박광자 옮김

프라하로
여행하는
모차르트

Mozart auf der

Reise nach Prag

에두아르트 뫼리케

차례

프라하로 여행하는 모차르트

1787년 가을[1] 모차르트는 아내와 함께 프라하로 여행을 떠났다. 그곳에서 「돈 조반니」를 무대에 올리기 위해서였다.

9월 14일 오전 11시경, 여행을 시작한 지 사흘째 되는 날 이들 부부는 빈으로부터 서른 시간 정도 떨어진 지점에서 서북쪽으로 한참 마차를 타고 갔다. 만하르츠베르크[2]를 지나고, 독일 타야 강[3]을 지나서 이제 아름다운 메렌[4] 산악 지대의 끝자락인 슈렘스[5] 근처에 와 있었다.

"역마 세 마리가 끄는 그 마차는 화려한 황색 마차인데, 폴크슈테트 장군 부인의 소유야." T 남작 부인은 친구에게 이

---

1   모차르트는 1756년 출생하여 1791년에 사망했다. 1787년이라면 31살, 사망하기 4년 전이다.
2   오스트리아의 서북쪽, 니더외스터라이히 주에 있는 산악 지대.
3   타야 강은 오스트리아와 체코 사이를 가로지르는 강으로, 독일 타야와 체코 타야(메렌타야)로 나뉜다.
4   흔히 모라비아, 모라바로 불리는 지역으로 모라바 강이 통과한다. 현재는 체코의 영토다
5   오스트리아 북쪽 국경에 위치한 도시.

렇게 썼다. "이 노부인으로 말하자면 모차르트 집안과 가깝게 지내면서, 도움을 주는 것을 꽤 자랑하고 다니지." 이런 부정확한 묘사를 이해하기 위해서는 18세기의 유행을 아는 사람한테서 설명을 조금 들어 볼 필요가 있다. 황색 마차의 양쪽 문에는 자연의 색깔로 꽃다발이 그려져 있는데, 문틀은 황금빛이었다. 페인트는 요즘 빈의 작업장에서 흔히 볼 수 있는 광택 염료가 아직 등장하기 전이라, 마차의 본체 역시 오늘날처럼 솜씨 있게 제작돼 있지 않았다. 하지만 하단은 과감한 곡선으로 멋지게 휘어져 있었다. 마차 위에는 높은 덮개가 달려 있었는데, 운행 중에는 주로 튼튼한 가죽 장막을 뒤로 젖히고 다녔다.

두 여행객의 의상에는 눈에 띌 만한 것이 많았다. 남편의 옷은, 새로 마련해서 트렁크에 보관 중인 정장을 아끼기 위해 아내 콘스탄체가 조심스럽게 고른 것이었다. 남편은 수를 놓은 푸른 조끼에다 평소처럼 갈색 상의를 입었는데, 커다란 단추가 일렬로 붙어 있었다. 별 모양의 성긴 직물 사이로 단추의 불그스레한 금색동(金色銅)이 반짝거렸다. 모차르트는 검정 실크 바지를 입고 스타킹을 신었는데, 구두에는 금도금 버클이 달려 있었다. 9월치고는 기이한 수준의 더위 때문에 그는 반시간 전부터 코트를 벗고, 가발도 쓰지 않은 채 셔츠 차림으로 앉아서 열심히 이야기 중이었다. 마담 모차르트는 편한 여행복 차림인데, 풍성하고 아름다운 연갈색 고수머리가 어깨와 목을 타고 흘러내렸다. 그녀는 분가루를 뿌려서 머릿결을 상하게 하는 법이 없었다. 반면에 땋아서 묶은 남편의 굵은 머리 다발은 오늘 평소보다 좀 허술해 보였다.

부부는 여기저기 넓은 삼림이 펼쳐진 비옥한 들판 사이로

완만하게 솟아오른 언덕을 지나서 이제 거의 숲의 끝자락에 닿아 있었다.

"계속 숲을 지나쳐 가는 게 오늘이 처음은 아니야. 어제, 그제도 우리는 계속해서 숲을 지나왔어."라고 모차르트가 말했다. "그런데 이상하게도 숲을 둘러볼 생각은 한 번도 하지 못했어. 여보, 우리 한번 마차에서 내려서 파란 초롱꽃을 꺾어 봅시다. 저쪽 그늘에 예쁘게 피어 있어. 여보게, 마부, 잠시 말을 쉬도록 하게."

두 사람이 자리에서 일어서는데, 마침 작은 사고가 밝혀져 마이스터는 투덜거렸다. 부주의로 값비싼 향수병의 마개를 제대로 닫지 않아, 옷과 쿠션에 향수가 쏟아져 있었다. "왜 진작 몰랐는지 알 수가 없네." 아내가 한숨을 쉬었다. "어쩐지 아까부터 향내가 진하게 나더니…… 어머나, 귀한 로제도로르 한 병이 다 쏟아졌네요. 내가 금처럼 아끼는 건데." 그러자 남편이 위로했다. "아이고, 저런. 하지만 우리가 그 귀한 향수 덕을 봤다는 걸 알아야 해. 마차 안이 화덕처럼 뜨거운 통에 당신의 부채질마저 소용이 없었는데, 향수 덕에 좀 서늘했지! 당신이 향수 몇 방울을 셔츠에 떨어트려 준 처방 덕분에, 우리한테 생기가 생겨서 신나게 대화를 했던 거야. 그게 아니었으면 우리는 도살장에 끌려가는 양처럼 머리를 축 늘어트릴 뻔했어. 여행 내내 이렇게 좋은 일만 있을 거야. 자, 이제 빈(Wien) 시민인 우리 두 사람의 코를 어서 빨리 푸른 초원으로 내보냅시다."

부부는 팔짱을 끼고 길가 도랑으로 내려와서 곧장 침침한 전나무 숲으로 들어갔다. 빽빽한 나무들 때문에 무척 어두웠는데, 한 줄기 햇살이 여기저기 바닥에 벨벳처럼 깔린 이끼를 비추었다. 아내의 배려가 없었다면 바깥의 무시무시한 더위와 갑작스럽게 대조를 이루는 이 신선한 서늘함이 조심성 없는 남편에게는 위험할 수 있었다. 아내는 미리 챙겨 온 옷을 남편에게 억지로 건네주었다. "맙소사, 정말 훌륭해!" 키 큰 나무들을 바라보면서 그가 외쳤다. "마치 교회 안에 들어온 것 같아. 난생처음 숲 속에 들어온 기분이야. 나무들이 떼를 지어 있다는 게 무슨 말인지 알 것 같아. 일부러 심지 않아도 나무가 여기에 모여 있는 것은, 모여서 어울리는 게 즐겁기 때문이야. 여보, 나는 젊은 시절에 유럽의 절반을 이곳저곳 돌아다녔어. 알프스도 구경했고, 이 세상에서 최고로 크고 아름다운 바다도 보았지. 그런데 이제 보헤미아 국경의 평범한 전나무 숲에 들어와서 이런 곳이 있다는 사실에, 님프나 목신(牧神)처럼 시인들이 꾸며 낸 장소나 연극 무대에 등장하는 숲이 아니라, 땅에다 온전히 뿌리를 두고 수분과 따스한 햇살을 받으며 자라난 나무들을 보면서 놀라고 있어! 이곳은 머리에 멋진 뿔이 솟아난 사슴, 귀여운 다람쥐, 들꿩과 어치 들의 고향이야." 그는 스스로 몸을 수그려서 버섯을 땄고, 버섯갓의 화려하고 아름다운 붉은 빛깔과 버섯 밑동의 섬세하고 하얀 모양에 찬사를 보내더니, 전나무 방울 몇 개를 주워서 주머니에 넣었다.

"남들이 보면, 당신이 프라터⁶에 스무 발자국도 안 들어가 본 줄 알겠어요. 그런 별난 것은 프라터에도 있어요." 아내가 말했다.

"프라터! 저런! 여기서 그런 이름을 입에 올리다니! 마

6   빈에 위치한 대표적인 유원지.

차, 대검, 궁중 의상, 부채, 음악, 세상의 온갖 구경거리로 가득한 그곳에는 그런 것 말고는 볼 것이 없지! 거기에서도 나무는 아주 크게 자라지만 너도밤나무 열매와 도토리가, 땅바닥에다 버린 수많은 코르크 마개하고 한 식구처럼 섞여 있어. 두 시간 거리에 이르도록 멀찍이 선 나무한테서까지 웨이터하고 음식 냄새가 난다니까!"

"말도 안 돼요." 아내가 외쳤다. "프라터에서 통닭구이 먹는 걸 무엇보다도 좋아하는 당신이 어떻게 그런 말을 할 수 있어요!"

두 사람은 다시 마차로 돌아와 앉았다. 길을 조금 지나자 서서히 내리막길이 시작되었다. 미소를 보내는 풍경이 저 멀리 산 쪽으로 사라지자 한동안 조용하던 우리들의 마이스터가 다시 입을 열었다. "지구가 정말 아름다워서, 될 수 있는 한 그냥 놔두어야 한다는 사람을 난 비난할 수 없어. 감사하게도 요즘 나는 과거 어느 때보다도 힘이 넘치고 신이 나서, 새 작품을 완성하고 공연을 하고 난 뒤에 곧장 이어서 하고 싶은 일이 천 가지는 돼. 내가 모르는 특별한 것, 아름다운 것이 이 세상에, 그 안팎으로 얼마나 많은지 몰라. 자연, 학문, 예술, 실용 기술의 세계에도 경이로운 일들이 많아. 넓은 세상에 관해서, 나는 숯가마 앞에 앉은 숯 검댕 소년만큼이나 아는 게 거의 없지만, 내 마음속에는 언제나 이런저런 것을 하고 싶은 생각과 의욕, 욕심이 넘쳐 나지. 단지 그런 일들이 현재의 우선순위에서 밀리고 있을 뿐이야."

"얼마 전에 말인데요." 아내가 말했다. "당신이 지난 1785년도에 썼던 수첩을 보았어요. 수첩 뒤를 보니까 서너 가지 메모가 적혀 있더군요. 첫 번째 것은 '10월 중순, 제국 주물 공장에서 대형 사자상 주조'라고 쓰여 있었고, 두 번째 메모에는 밑줄이 두 번이나 그어져 있었죠. 그런데 거기엔 '가트너 교수'라고 적혀 있더군요. 그 사람은 누구예요?"

"응. 아는 사람이야. 관측소에 있는 좋은 분인데 나를 몇 번이나 그곳으로 초대했어. 예전부터 나는 당신과 함께 달과 그 표면을 보고 싶었어. 관측소에는 아주 커다란 망원경이 있어서 넓은 달의 표면을 환하게, 거의 손에 잡힐 정도로 또렷하게 볼 수 있대. 산이나 골짜기, 협곡 같은 것도 보이는데, 태양이 비치지 않는 반대쪽은 그늘이 산을 덮고 있다고 해. 그런데 나는 벌써 이 년째 그곳에 가 볼 생각만 하면서 막상 가 보지 못하고 있어. 정말이지 한심하고 창피스러운 일이야."

"저런." 그녀가 말했다. "달은 도망가지 않아요. 지금 못 가면 나중에 가면 돼요."

잠시 쉬었다가 그가 다시 말을 이었다. "만사가 다 그 지경이야! 지겹다니까! 나는 사람들이 놓치거나 미루거나 내버려 두는 것에 대해 생각하면 안 돼. 신과 인간에 관한 의무에 대해 말해선 안 돼. 나는 완전한 기쁨에 대해, 매일 모든 이의 발밑에 놓인 작고 천진한 기쁨에 대해 말하지."

마담 모차르트는 남편의 점점 더 심해지는 변덕스러운 감정의 방향을 결코 바꿀 수도, 바꾸려 하지도 않았다. 오히려 그가 열을 내면서 하는 말을 진심으로 수긍하는 수밖에 없었다. "내가 아이들하고 한 시간이라도 제대로 즐거운 시간을 가져 본 적이 있나? 어중간하게, 아니면 언제나 잠깐 만나고 말지. 아이들을 말에 태운 것처럼 다리 위에다 올려놓고 이 분 정도 방을 한 바퀴 도는 걸로 그만이고, 얼른 다시 내려놓아야 해. 나는 우리가 함께 시골 같은 데 가서 재미있게 지냈으면

12

좋겠어. 부활절이나 사순절 같은 때 식구끼리 과수원이나 숲이나 들 같은 데로 놀러 가는 거야. 나 역시 다시 어린아이가 되어 아이들하고 장난치고 꽃놀이도 하는 거지. 삶은 너무도 덧없이 빠르게 흘러가고 있어. 맙소사, 이런 것을 조용히 생각해 보면, 두려워서 진땀이 난다니까!"

이제 막 시작된 자책은 뜻하지 않게 깊은 신뢰와 애정으로 엮인 두 사람 사이의 진지한 대화로 이어졌다. 여기서 그것을 상세히 전하기보다는 이들 대화의 내용을 자세하고 직접적으로, 다른 한편으로는 이들 대화의 배경을 알 수 있도록 당시 상황에 관한 일반적인 이야기를 해 보고자 한다.

이쯤에서 일단 괴로운 생각이 몰려오는데, 그것은 세상의 모든 매력, 감수성이 도달할 수 있는 최상의 것에 그처럼 다가간 이 불같은 인물이 이미 단기간에 많은 것을 경험하고 향유하고 창조했음에도 불구하고 정작 자신에 대해서는 지속적이고 완벽한 만족감을 가지지 못했기 때문이다.

이러한 현상의 원인을 조금이라도 깊게 알아보고자 하는 사람은, 모차르트의 일상생활이 지닌 불가피한 약점이 우리가 그에게서 진심으로, 누구나 수긍하며 경탄해 마지않는 부분과 불가피하게 연관되어 있음을 발견하게 될 터다.

남편이 원하는 것은 무척이나 다양했고, 사교 생활의 즐거움에 대한 그의 열정은 대단했다. 모차르트는 자신의 탁월한 재능을 찬탄하며 찾아오는 명문가 사람들, 축하 행사, 사교 모임, 파티 초대를 거의 사양한 적이 없었다. 그리고 그는 친근한 모임 중에 빚어지는 갖가지 초대를 마음껏 즐겼다. 오래전부터 일요일마다 집에서 열리는 연주 모임, 일주일에 두세 번씩 몇 명의 친구나 친지 들과 함께하는 식탁을 풍성하게 차린 점심 모임, 그는 이런 것들을 포기할 수 없었다. 때때로 그는 미리 알리지도 않고 길에서 만난 손님들을 집으로 데려와 아내를 놀라게 했는데, 정말 형편없는 수준의 사람들, 음악가 나부랭이, 동료, 가수, 시인들이었다. 그들이 하는 일이라고는 끊임없는 아첨, 농담, 우스개뿐이고 종종 거친 말까지 내뱉는 한가한 아첨꾼들이 학식을 갖춘 전문가나 탁월한 연주가들과 아무런 구별 없이 환영받았다. 모차르트는 쉬는 시간의 대부분을 집 밖에서 보냈다. 식후에는 거의 매일 찻집의 당구대에서, 저녁 시간은 대부분 술집에서 보냈다. 친구들과 어울려 말이나 마차를 타고 교외로 나가기를 좋아했으며 무도회장이나 가장무도회에 능란한 춤꾼으로서 얼굴을 내비치고, 일 년에 한두 번은 마을 축제에 신나게 참가했다. 심지어 브리기테 축일 장날에는 피에로 가면을 쓰고 나타나기까지 했다.

종종 요란하고 들뜨고, 때로는 조용한 분위기에서 이루어지는 이런 유흥은 엄청난 기력 소진에 뒤따르는 기나긴 정신적 긴장을 해소하기 위해서 어느 정도 필요한 휴식으로 간주되었다. 그리고 그런 유흥은 천재성이 무의식적인 힘을 발휘하는 기묘한 방식으로 순간적인 섬세한 느낌을 포착하게 하거나 더러 자극을 주기도 했다. 하지만 그는 그런 시간이 되면 유감스럽게도 행복의 순간을 밑바닥까지 거덜 내 버렸기 때문에, 다른 일들, 즉 분별력이나 의무감으로 자제하거나 가정에 관심을 두는 일 따위에는 신경 쓰지 않았다. 놀 때에도, 작곡을 할 때도 모차르트는 절제하거나 확고한 목표를 갖지 못했다. 그는 언제나 밤의 상당 부분을 작곡하는 데에 몰두했고, 이른 아침에는 한동안 침대에 누워서 쉬었다. 그러다가 10시쯤에 움직이기 시작했는데, 도보로 혹은 누군가가 보내온 마차를 타고 레슨을 하러 한 바퀴를 돌곤 했다. 대개는 오후에도 몇 군데 더 수업을 다녔다. "정말 고생이 말이 아닙니다." 언젠가 그는 후원자에게 글을 쓴 적이 있다. "계속 버티는 것이 너무 힘들 때가 많습니다. 인정받는 쳄발로 연주자이자 음악 선생으로서 십여 명의 학생들을 떠맡아 가르쳐야 하고, 때로는 레슨비만 쥐어 주면 어떤 인간인지 알 수조차 없는 사람까지 가르쳐야 합니다. 공병단에 속한 수염을 기른 헝가리 병사가 악마의 부추김을 받아서 하릴없이 통주저음이나 대위법 같은 것을 배우겠다고 하면 그것도 환영입니다. 무례한 백작의 딸은 내가 방문 앞에서 종을 울리는 일을 어쩌다 깜박하면, 미용사 꼬끼오 씨를 맞이하듯 짜증 난 얼굴로 나를 맞습니다. 그런 식입니다." 이런저런 연주회나 리허설 같은 일로 나가떨어지면 그는 신선한 공기가 부족한 탓에 지쳐 버린 신경을 새로운 자극으로, 겉뿐이라도 되살렸다. 건강은 야금야금 나빠졌고, 계속 반복되는 우울감은 ― 원인이 그것만은 아닐지라도 ― 그를 현재의 상황으로 내몰며 때 이른 죽음을 암시했다. 죽음은 한 발자국 한 발자국 따라와 끝내 피할 수 없는 상황으로 그를 몰고 갔다. 온갖 종류와 갖가지 빛깔의 걱정거리, 거기에 후회의 감정이 한데 섞여 쓰디쓴 양념이 되더니 결국 모든 기쁨 속으로 파고들었다. 하지만 우리는 그가 이런 슬픔 또한 승화하고 정화하여, 마치 깊은 샘으로 녹아들듯 선율로 바꾸어 내고 수백 개의 황금의 관을 통해 솟아오르며 인간의 모든 고통과 행복을 쉼 없이 쏟아 냈음을 알고 있다.

모차르트의 삶의 방식이 불러들인 나쁜 결과는 가정사에도 나타났다. 미친 듯한, 경솔한 지출에 대한 비난은 피할 수 없었는데, 그것은 어떻게 보면 그의 아름다운 심성과 관련이 있었다. 다급한 사람이 돈을 빌려 달라거나 보증을 부탁하면 그는 담보나 안정성 같은 사안은 제대로 알아보지도 않았다. 사실상 그는 그런 일에 대해서는 어린아이보다 나을 것이 없었다. 돈을 내주고 신이 나서 좋아라 웃었는데, 특히 자기가 돈을 넉넉하게 가지고 있다는 생각이 들 때면 더욱 그랬다.

하지만 일상적인 생활비에 그런 지출까지 감당하려면 그의 수입으로는 어림도 없었다. 극장, 연주회, 출판업자, 학생들한테서 생기는 수입에다 왕실에서 받는 연금까지 다 합해도 돈이 부족했는데, 무엇보다도 그것은 관객의 취향이 모차르트의 음악과 너무 거리가 멀었기 때문이었다. 순수한 아름다움, 충만함이나 깊이는 당시에 사랑받고 쉽게 이해되는 음악과 비교하면 낯설기 그지없는 것이었다. 빈 시민들은 흥미로운 내용 때문에 「벨몬테와 콘스탄체」[7]는 굉장히 좋아했지만, 몇 년 후에 발표한 나름 괜찮았던 작품 「피가로」는 수준이 훨씬 낮은 「코사 라라」[8]와의 경쟁에서 예기치 못하게 한심스러운 추락을 맛보았다. 이것은 완전히 무대 감독의 실수 때문만은 아니었다. 「피가로」가 교양을 갖춘, 아니면 편견이 덜한 프라하 시민들한테서 박수갈채를 받자, 마이스터는 감동해서 감사한 마음으로 다음번에 쓸 대작 오페라는 오직 프라하 시민들을 위해서 완성하기로 작정했다. 시대가 좋지 않았고 적

---

7 「후궁으로부터의 도주(Die Entführung aus dem Serail)」로 알려진 오페라.

8 「Una Cosa Rara(별난 사건)」는 스페인 태생의 빈센테 마르틴 이 솔러(Vicente Martín y Soler)의 오페라로 1786년에 빈에서 초연되어 큰 호평을 받았다. 모차르트가 두각을 나타내던 시절에 빈에서 가장 인기 있던 오페라로, 모차르트가 「돈 조반니」의 만찬 장면에서 사용한 멜로디는 마르틴의 이 오페라 멜로디에서 빌려 온 것이다.

수들의 세력에서 벗어나기도 힘들었지만 모차르트는 더욱 신중하고 현명하게 자신의 재능에서 장점을 끌어냈고, 이번 작업에서도 그런 식으로 단시간에 박수갈채를 이끌어 냈다. 그의 탁월한 천재성이 제멋대로 날뛰지 않도록 운명, 천성, 결점 같은 것 모두가 함께 작용한 결과였다.

이제 우리는 자신의 과제를 아는 주부가 이 상황에서 얼마나 힘든 상태였을지 쉽게 이해할 수 있다. 음악가의 딸로 젊고 활기차며, 예술가 기질로 충만한 데다 어려서부터 궁핍한 생활에 익숙한 콘스탄체는 열심히 잘못의 근원을 찾아내어 그것을 잘라 내고, 작은 것부터 절약하여 커다란 낭비를 막아 보려 했다. 하지만 이 마지막 문제에서 그녀는 높은 안목이 부족했고 과거의 경험도 없었다. 콘스탄체는 재정을 떠맡고 가계부를 적었는데, 그 때문에 모든 청구서, 빚 독촉, 온갖 불쾌한 일을 해결하는 건 그녀의 몫이었다. 물이 목까지 차올랐고 이런 시달림, 궁핍, 고통스러운 상황, 공개적 망신에 대한 두려움에다 남편의 우울증까지 더해졌다. 그럴 때면 남편은 하루 종일 슬픔에 빠져 아무것도 하지 못했고, 어떤 위로의 말도 소용없었다. 그는 아내 곁에서 한숨짓고 탄식하거나 혼자 구석에 들어앉아 입을 다물었고, 마치 계속 돌아가는 나사에 쫓기는 사람처럼 죽고 싶다는 단 한 가지 비극적인 생각에만 빠져 있었다. 하지만 콘스탄체는 쾌활함을 잃는 법이 별로 없었고, 명랑한 그녀의 시선은 비록 잠시뿐이긴 해도 충고와 도움을 찾아내기도 했다. 그럼에도 불구하고 근본적으로 나아지는 것은 거의, 아니 전혀 없었다. 진정이든 농담이든, 애걸이든 애교든 오늘 남편의 마음을 붙잡아 아내 곁에서 차를 함께 마시게 하고 외출을 막아 집에서 식구들과 저녁 식사를 하게 할 수는 있지만, 그게 무슨 소용이라는 말인가? 때로 그가 눈물 젖은 아내의 눈에 갑자기 감동하고 마음이 움직여서 나쁜 습관을 완전히 없애고 아내가 원하는 것 이상으로 최선을 다하겠다고 약속하기도 했지만 모두 헛된 일이었고, 금세 그는 과거의 길로 되돌아갔다. 사람들은 그런 것이 모차르트 자신의 힘으로는 어쩔 도리가 없는 일이며, 그가 사람들이 바라고 행동하는 일반적인 생각과는 완전히 다른 질서 속에 살고 있다고 했다. 따라서 그에게 무엇을 강요하는 것은 비범한 그의 본성을 망칠 뿐이라고 생각했다.

하지만 콘스탄체는 항상 상황이 좋게 바뀌기를, 그런 변화가 외부로부터 일어나기를 바랐다. 무엇보다도 경제 상황이 근본적으로 개선되기를 바랐는데, 남편의 명성이 높아지고 있었기에 그런 일이 불가능한 것은 아니었다. 그녀는 남편이 일 때문에 시달리는 끊임없는 압박에서 약간이라도 벗어난다면 능력이나 시간의 절반을 돈벌이를 위해 희생하지 않고 오로지 자신의 참된 천직에 매진하게 되리라고 생각했다. 그렇게만 된다면 모든 즐거움이 육체적인 것이든 정신적인 것이든 온전히 그의 것이 되어 남편이 더 이상 그런 환락을 찾아다닐 필요 없이, 아니 그 모든 걸 가책 없이 즐기게 된다면 상황이 좀 더 수월하고, 자연스럽고, 편안해지리라 여겼다. 그래서 당분간 거처를 옮겨 보려는 생각까지 해 보았다. 남편이 빈을 좋아하지만 이 도시가 남편에게 별 도움을 주지 않기에, 그녀는 거처를 옮기는 문제를 언젠가는 해결해야 할 과제로 생각했다.

이번 여행을 떠나게 한 새로운 오페라의 성공을, 마담 모차르트는 자신의 생각과 희망을 실현하기 위한 결정적인 첫

걸음이라 믿었다.

작곡은 이미 반 이상 진척되었다. 모차르트의 예술과 영향력에 대해 충분한 이해력을 가지고 이 비범한 작품이 만들어지는 상황을 목격한 전문 지식을 갖춘 친한 친구들은 모두 한목소리로, 그리고 수많은 적대자들마저도 돈 후안[9]이 반년 안에 독일의 음악계를 통째로 뒤흔들고 뒤집을 것이며, 돌풍을 일으키리라고 말했다. 좀 더 조심스럽고 신중한 의견은 생각이 다른 사람들의 우려 섞인 목소리에서 나왔는데, 그것은 당대 음악계의 상황에서 통상적인 의미의 신속한 성공은 기대하기가 어려우리라는 이야기였다. 하지만 그런 자들의 근거 있는 의심에 마이스터 자신은 별로 동의하지 않았다.

활기찬 감정, 자신감 가득하고, 희망을 가진 열정적인 여성들이 그렇듯이 콘스탄체는 이런저런 일에서 흔히 나중을 생각하느라고 과오를 저지르는 남자들과는 달리 확고한 신념을 가지고 있었고, 마차를 타고 가는 지금도 그런 것들에 맞설 각오가 되어 있었다. 지금 그녀는 쾌활하고 밝은 태도로 두 배나 노력하고 있었는데, 왜냐하면 앞서 나누던 대화가 더 이상 진전되지 않고 재미없게 이어지기 시작하자 남편의 기분이 눈에 띄게 가라앉았기 때문이었다. 그녀는 변함없이 쾌활한 태도로 프라하의 사업가가 악보 판매 대금으로 약속한 100두카덴을 집에 돌아온 후에 급한 불입금처럼 꼭 필요한 곳에다 쓸 계획이라며 남편에게 시시콜콜한 이야기까지 했다. 그리고 현재의 잔고면 다가오는 겨울과 봄까지 충분히 버틸 수 있겠다고 덧붙였다.

---

9 오페라 「돈 조반니」는 '돈 후안의 전설'을 기초로 삼고 있다.

"당신의 본디니[10] 씨는 오페라를 잘 끌어갈 것이 틀림없어요. 아마 그는 악보의 사본에 대해 극장에서 지불하는 액수의 일정한 부분을 당신에게 지불할 거예요. 그가 당신이 항상 칭찬하는 바의 절반만이라도 훌륭한 사람이라면 말이에요. 하지만 그렇게 해 주지 않아도 다행스러운 것은 우리에게는 앞으로 다른 기회가, 천 배는 더 알찬 기회가 있다는 것이에요. 나는 확신해요."

"저런!"

"얼마 전에 나는 프로이센의 왕이 지휘자를 구한다는 소문을 들었어요."[11]

"오호!"

"음악 총감독 자리예요. 상상이라도 마음껏 해 볼게요. 엄마를 닮아서 나는 우유부단하거든요."

"어서 해 보시지! 상상이야 얼마든지 할 수 있어."

"아뇨, 전부 다 완전히 가능한 일이에요. 앞의 얘기 말인데, 아마 지금부터 일 년 뒤에는……."

"하늘이 뒤집어지면 말이지……."

"진정해요, 바보 같군요! 내 말은 내년 성 에지디오[12] 축일쯤에는 빈에 볼프 모차르트라는 이름의 궁정 작곡가는 결코 어디에도 없으리라는 얘기에요."

"귀신한테 물려 갈 소리!"

---

10 Pasquale Bondini(?-1789): 오페라 감독으로 모차르트에게 오페라를 부탁했다.

11 1789년에 프리드리히 빌헬름 2세는 연봉 1000탈러로 궁정 악단장 자리를 모집한 적이 있다.

12 720-725년 무렵의 은수자. 수도원장으로 활동. 축일은 9월 1일이다.

"우리의 오랜 친구들이 자기네가 아는 이야기를 뭐라고 떠들어 댈지 벌써 내 귀에는 훤히 다 들려요."

"뭐라고들 하는데?"

"예를 들어 어느 이른 아침, 9시가 좀 지나서 우리의 오랜 열성 팬인 폴크슈테트 부인이 불이라도 난 것처럼 재빠른 걸음으로 콜마르크트가를 건너가요. 부인은 삼 개월 동안 집을 비우고 작센의 시동생한테 다녀왔죠. 부인의 일상 대화는 우리가 아는 한 대략 이런 것이에요. 그 전날 저녁에 여행에서 돌아왔는데 마음이 흥분돼서 곧장 대령 부인에게 달려갑니다. 대개 여행의 즐거움, 우정의 조바심, 갖가지 새 소식으로 가슴이 요동치는 법이죠. 층계를 올라가 노크를 하지만 들어오라는 소리를 기다릴 만큼의 여유조차 없어요. 환호하고 서로 얼싸안기에 바빠요. 몇 마디 안 되는 인사말을 나누고 그녀가 숨을 새로 가다듬어요. '저기, 내가 충격적인 소식을 가져왔는데 누구 얘기인지 어디 한번 맞춰 봐요. 돌아오는 길에 스탕달에서 곧장 오지 않고 약간 왼쪽으로 우회해서 브란덴부르크 쪽으로 왔거든요.' '그래요? 그게 가능한가요? 베를린에 들르셨나요? 모차르트 집에도 들르셨어요?' '꿈같은 열흘을 보내고 왔어요.' '어머나, 맙소사, 어서 얘기해 주세요. 어서 말해 주세요. 우리 식구들은 잘 지내고 있죠? 처음처럼 여전히 그곳을 마음에 들어 하고 있나요? 아직도 나는 정말 이상하고, 이해가 안 돼요. 이렇게 부인께서 그곳에 가서 모차르트를 만나고 왔어도, 나는 여전히 이해가 안 돼요. 모차르트가 베를린에 살다니! 거기선 어떻게 지내던가요? 어떤 모습인가요?' '한번 찾아가서 만나 봐야 해요. 글쎄 올여름에는 왕께서 그를 칼스바트로 보내 주셨답니다. 모차르트가 그렇게나 진

21

심으로 모시던 요제프 황제께서는 그런 생각을 한 번도 해 본적이 없죠, 안 그래요? 내가 베를린에 갔을 때 부부는 여행에서 막 돌아와 있었어요. 모차르트는 건강하고 활기 넘치고, 통통하게 살이 쪄서 수은처럼 정력적으로 보였어요. 그에게서 행복이 느껴지고, 눈에는 편안함이 가득했죠.'"

이제 콘스탄체는 자신이 맡은 역에서 물러나, 새로운 상황을 아름다운 색깔로 칠하기 시작했다. 그녀의 묘사는 운터 덴린덴[13]가에 있는 모차르트의 집, 정원과 별장, 남편의 바깥 활동과 화려한 무대, 왕비와 함께 피아노를 연주하는 사적인 궁정 모임에 이르기까지, 눈앞에다 현재의 모습처럼 생생하게 그려 냈다. 모든 대화, 아름다운 이야깃거리가 쏟아져 나왔다. 정말이지 그녀는 베를린의 궁전과 포츠담, 상수시[14]를 쉰 부룬 궁[15]이나 빈의 왕궁보다도 더 잘 아는 것 같았다. 약삭빠른 그녀는 우리 주인공의 개성도 프로이센 생활이라는 견실한 기반 위에서 변화시켜, 성실한 가장(家長)의 모습으로 바꾸어 놓았다. 그리고 앞서 폴크슈테트 부인이 평상시에 드러내는 욕심을 살짝 과하게, 두드러지도록 강조하면서 말을 이었다. "'고정적으로 3000탈러를 받는데, 모차르트가 무슨 일을 하는지 알아요? 실내악 연주를 일주일에 한 번, 그랜드오페라 지휘를 두 번밖에 안 해요. 나는 모차르트가, 우리들의 소중한 그 사람이 자신이 지도하고 또 존경받는 훌륭한 악단과 함께 있는 것을 봤어요. 모차르트 부인의 특별석에 내가 함께 앉

---

13   베를린의 중심가.
14   포츠담에 있는 프리드리히 왕의 여름 별장.
15   빈에 있는 합스부르크가의 궁전.

았는데, 왕실석과 바로 마주한 자리였어요. 그런데 쪽지에 무어라고 적혀 있었는지 알아요? 보여 주려고 내가 하나 들고 왔는데, 내 작은 여행 선물이자 모차르트의 선물이에요. 이걸 봐요. 한번 읽어 보세요. 주먹만 한 글씨로 인쇄되어 있어요.'
'어머나, 맙소사, 이게 뭐지? 「타라르」[16]인가요?' '맞아요, 정말 굉장했어요. 이 년 전에 모차르트가 「돈 후안」을 쓰고 있을 때 시기심에 눈이 먼 살리에리[17]는 파리에서 흥행한 자기 작품 덕에 승리감에 젖어 여기서도 곧장 승리를 거두려고 했죠. 도요새에 귀 기울이며 「코사 라라」[18]에 만족하던 우리 빈 청중에게 그는 독수리 같은 작품을 보여 주려 했어요. 패거리와 함께 그는 어떻게 하면 「돈 조반니」를, 지난번 「피가로」처럼 죽은 것도 산 것도 아니게 거덜 낼 수 있을지 궁리했어요. 그래요, 그때 나는 '선언'을 했어요, 형편없는 작품일 테니 나는 절대 구경 가지 않겠다고! 그리고 약속을 지켰어요. 모두들 살리에리를 쫓아서 달려갔어요. 당신도 갔지만, 나는 난롯가에 앉아서 고양이를 무릎에 앉히고 군것질만 하고 있었죠. 그리고 그 뒤에도 몇 번이나 그렇게 했습니다. 하지만 생각해 보세요. 적수의 작품인 「타라르」가 베를린의 오페라 무대에, 그것도 모차르트의 지휘로 올라간 상황을 상상해 보세요. 내가 도착하자마자 모차르트가 '와서 보셨어야 합니다.'라고 말했

---

16 1787년 파리에서 초연된 살리에리의 오페라 「타라르」는 빈에서 엄청난 성공을 거두었다. 폭군 아타르가 민중의 지지를 받는 사령관 타라르를 질투해 음모를 꾸미다가 몰락하는 이야기다. 폭군은 자살하고 타라르가 새로운 군주에 오른다.

17 Antonio Salieri(1750-1825): 이탈리아 태생의 음악가로 1766년에 빈 궁정으로부터 초청을 받았고 1788년에는 궁정 작곡가로 임명되었다.

18 빈센테 마르친 이 솔러(Vicente Martín y Soler)의 오페라.

어요. 꼬마 압살롬[19]을 내가 눈곱만큼이라도 건드렸는지 아닌지, 빈 사람들한테 말해 주셨으면 합니다. 그리고 그도, 질투심 많은 그 바보도 직접 여기로 와서 결코 내가 자리에서 밀려나지 않으려고 남의 작품이나 망치는 그런 사람이 아니라는 것을 똑똑히 봤으면 합니다.'"

"브라보! 멋져!" 모차르트가 큰 소리로 외치면서 아내의 귀를 잡아 키스하고 포옹하고 간질였다. 그래서 불행하게도 절대로, 아니 아주 소박한 수준으로도 이루어질 수 없는 행복한 미래, 즉 이 화려한 비누 거품 놀이는 결국 헛된 장난, 무의미한 말, 우스개가 되어 버리고 말았다.

그러는 동안 그들은 계곡으로 내려와서 마을로 들어섰다. 이미 산 위에서부터 눈에 띄었던 이 마을 바로 뒤편에는 신식으로 건축한 작은 성이 쾌적한 평지 위에 서 있었다. 쉰츠베르크 백작의 저택이었다. 그들은 이 마을에서 말에게 먹이를 주고 휴식을 취하고 점심도 때울 계획이었다. 그들이 걸음을 멈춘 여인숙은 마을의 끝, 외진 길가에 있었는데, 거기서부터 백작의 영지까지 육백 걸음이 채 안 되는 미루나무 길이 나 있었다.

마차에서 내린 뒤 모차르트는 평소와 마찬가지로 아내에게 식사 주문을 맡겼다. 그는 포도주 한 잔을 아래층으로 가져다 달라고 부탁했고, 콘스탄체는 시원한 물 한 잔과 한 시간 정도 잠을 잘 수 있는 조용한 방을 부탁했다. 사람들이 콘스탄체를 계단으로 데려갔고, 남편은 그 뒤를 따라가면서 즐겁게

---

19 성경의 인물로 치밀하고 큰 권력욕을 지닌 사람을 지칭하는데, 여기서는 살리에리를 말한다.

노래를 부르고 휘파람도 불었다. 하얀 칠을 한, 환기를 한 지 얼마 안 되는 빙에는 틀림없이 백작의 저택에서 얻어 온 것으로 보이는 고급스러운 옛 가구와 옅은 색깔의 깔끔한 침대가 놓여 있었다. 녹색 왁스를 바른 가느다란 기둥이 떠받치는 침대의 천정은 도색되어 있었고, 원래 거기에 달려 있었을 비단 커튼은 평범한 천으로 바꾸어져 있었다. 콘스탄체가 눕자 남편은 적당한 시간에 깨워 주겠다고 약속했다. 그가 나가자 콘스탄체는 문을 잠갔고, 모차르트는 담소를 나누기 위해서 공동 공간으로 내려갔다. 하지만 그곳에는 주인 말고는 아무도 없었다. 주인의 이야기는 그가 내놓은 포도주만큼이나 싱거웠기 때문에 모차르트는 식사가 준비될 때까지 성의 정원으로 산책을 하겠다고 말했다. 점잖은 방문객이라면 성내로 들어가는 것이 허용될 뿐 아니라, 마침 오늘 성의 식구들이 모두 외출 중이라는 말을 들었기 때문이었다.

밖으로 나온 그는 곧장 열린 격자문 쪽으로 가서 오래되고 키가 큰 보리수 길을 천천히 걸어갔다. 그 길의 끝에서 왼쪽으로 조금 떨어진 곳에 성의 전면이 갑자기 모습을 드러냈다. 건물은 이탈리아 양식인데 환하게 색을 칠했고, 앞쪽으로 넓은 이중 계단이 나 있었다. 지붕에는 널을 얹었고 흔히 볼 수 있듯이 남녀 신(神)들로 장식이 되어 있었는데, 거기엔 난간이 둘러져 있었다.

우리들의 마이스터는 꽃이 만발한 두 개의 넓은 화단이 위치한 중앙부를 지나 우거진 수풀 쪽으로 걸어 들어갔다. 아름다운 소나무 숲을 벗어나자 구부러진 오솔길이 나타났다. 그러자 점점 다시 밝아졌고 공중으로 흩어지는 물소리가 또렷이 들리더니 곧 분수가 모습을 드러냈다.

굉장히 큰 타원형의 분수대 주변으로 빙 둘린 화분에는 귤나무가 심겨 있고, 월계수와 유도화도 있었다. 둥글게 부드러운 모랫길이 나 있고 건너편에는 정자가 있었다. 정자는 아주 편안한 휴식처였다. 벤치 앞에는 작은 탁자가 놓여 있어서 모차르트는 앞쪽, 입구 쪽으로 가서 앉았다.

　　찰랑이는 분수의 물소리에 편안하게 귀를 기울인 채 그는 바로 곁에 놓인 중간 크기의 광귤나무[20]를 바라보았다. 이 나무는 다른 나무들과 달리 홀로 무리 바깥으로 떨어져 있었다. 아름다운 열매가 달린 이 남국의 나무를 바라보며 우리의 친구는 어린 시절의 추억 속으로 빠져들었다.[21] 생각에 잠겨 미소를 머금은 채 그는 동그스름한 감촉과 향기로운 신선함을 손바닥으로 느껴 보고자 가까이에 있는 귤로 손을 내밀었다. 눈앞에 떠오르는 소년 시절의 추억과 함께 오래전에 잊어버린 노래의 기억이 떠올라, 한동안 그는 희미한 과거의 인상 속에 꿈처럼 젖어 있었다. 반짝이는 시선으로 이리저리 둘러보다가 그는 한 가지 생각에 빠져들었고 정신없이 그것만을 생각했다. 그러다가 깨닫지 못하는 사이에 다시 귤에 손을 댔고, 나뭇가지에 달린 열매를 따서 손아귀에 쥐었다. 귤을 쳐다보면서도 그는 실상 보지 않았다. 그는 예술가들이 종종 빠져드는 심각한 멍한 상태에서 귤을 계속 코 아래로 흔들어 댔다.

20　Pomeranzbaum. 광귤 혹은 등자나무. 활엽 교목으로 높이는 3미터 정도고 가시가 있으며, 잎은 두껍고 귤나무의 잎보다 크다. 오렌지와 자몽의 교배종이다. 한라봉이나 천리향처럼 좀 특이하고 귀한 품종이라 할 수 있다. 여기서는 그냥 귤로 번역하겠다.

21　모차르트는 1769~1771에 이탈리아를 처음 여행했고, 1771~1773에도 이탈리아를 다녀왔다.

그러다가 어떤 멜로디의 시작 부분을, 때로는 중간 부분을 들리지 않을 정도로 웅얼거렸다. 마침내 본능적으로 상의 옆 주머니에서 법랑을 입힌 상자를 꺼냈다. 거기에 든 은빛 손잡이가 달린 작은 칼로 노란 열매를 위에서 아래로 천천히 잘랐다. 막연한 갈증을 느꼈던 것 같은데, 들뜬 그의 감각은 맛있는 그 과일의 냄새를 맡는 것만으로도 충분했다. 자른 과일의 양쪽 면을 몇 분간 응시하고 나서 그는 과일을 다시 살짝 붙였다가 다시 떼더니 다시 붙여 놓았다.

그때 가까이에서 발소리가 들려왔고 그는 깜짝 놀랐다. '난 도대체 어디에 있고, 무엇을 하고 있나?' 하는 생각이 갑자기 그를 사로잡았다. 귤을 숨기려다가 그만두었는데, 자존심인지 아니면 이미 늦어서 그랬는지는 알 수 없다. 제복을 입은, 키가 크고 어깨가 넓은 정원사가 그의 앞에 서 있었다. 정원사는 모차르트의 수상한 마지막 행동을 본 것 같았는데, 한동안 멍하니 아무 말도 하지 않았다. 모차르트 역시 아무 말도 없이 앉은 자리에서 꼼짝 않고 반쯤 웃으며 그를 바라보았다. 얼굴이 붉어졌지만, 그래도 커다란 푸른 눈으로 자신만만하게 응시했다. 그러다가 겉으로만 말짱해 보이는 과일을 탁자 한가운데에 자신 있고 당당하게 올려놓았는데, 만약 제삼자가 보았다면 굉장히 우스웠을 터다.

"죄송합니다만," 정원사가 낯선 사람의 별 볼 일 없는 차림새를 훑어보고 나서 말했다. "뉘신지 모르지만……."

"빈의 악단장 모차르트입니다."

"백작님 댁을 아는 분이신가요?"

"난 여기에 아는 사람이 없습니다. 여행 중이거든요. 백작님께서는 계신가요?"

"부재중이십니다."

"부인께서는요?"

"바쁘셔서 말씀 나눌 시간이 없습니다."

모차르트는 일어나서 가려고 했다.

"죄송합니다만, 어떻게 멋대로 이곳에 들어오셨습니까!"

"뭐요?" 모차르트가 소리쳤다. "멋대로 들어왔다고? 맙소사! 그럼 당신은 내가 이따위 것을 훔쳐 먹으려 했다는 거요?"

"선생님, 저는 본 대로 믿습니다. 이 귤은 개수를 세어 놓고 제가 지키는 중입니다. 파티에 쓰려고 백작님께서 준비해 놓으신 나무인데 곧 안으로 들여 갈 겁니다. 이 사건을 보고해야 하니 경위에 관해 선생께서 진술해야만 보내 드릴 수 있습니다."

"좋아! 여기서 기다리지. 그렇게 하시오."

정원사는 주저하면서 주변을 둘러보았고, 사례 때문에 그런다고 생각한 모차르트는 주머니에 손을 넣어 보았지만 돈이라고는 한 푼도 갖고 있지 않았다.

정말로 하인 둘이 나타나 화분을 들것에 얹어 들고 갔다. 그사이 우리의 마이스터는 수첩에서 종이 한 장을 꺼냈다. 정원사가 꼼짝 않고 서 있는 동안 그는 연필로 글을 쓰기 시작했다.

존경하는 부인, 불행하게도 저는 사과를 먹은 죄를 지은 우리들의 선조 아담처럼 부인의 낙원에 앉아 있습니다. 이 불행한 사건에 관해서 저는 선량한 이브를 탓하지는 않겠습니다. 그녀로 말하자면 지금 여인숙의 우아하고 사랑스러운 천상의 침대에서 천진난만하게 낮잠을 자고 있습니다. 명령만 해 주신다면 저는 저 자신도 이해할 수 없는 이 불법 행위에 대해 직접 말씀드리고자 합니다.

프라하로 여행 중에
삼가
미천한 종
W. A. 모차르트

　힘들어하며 기다리는 하인에게 그는 필요한 몇 마디 지시와 함께 아주 미숙하게 접은 쪽지를 건네주었다.
　말썽꾼이 막 떠나려는데, 뒤쪽에서 성안으로 들어오는 마차 소리가 들렸다. 백작의 질녀인 오이게니가 약혼자인 부유한 젊은 남작과 함께 이웃의 영지에서 돌아오는 중이었다. 약혼자의 어머니가 수년 전부터 외출을 할 수 없는 상황이라 오늘 이곳에서 약혼식이 열릴 예정이었다. 약혼식 후에 몇몇 친지들과 함께 피로연도 여기서 열 계획이었다. 왜냐하면 오이게니는 어려서부터 이 집의 친딸처럼, 거의 자기 집처럼 지냈기 때문이었다. 백작부인은 소위인 아들 막스와 함께 조금 일찍 집으로 돌아와 여러 가지 준비를 했다. 현재 성안에서는 복도든 계단이든 모두들 바삐 움직였으므로 정원사는 간신히 현관에 있는 백작부인에게 쪽지를 전해 줄 수 있었다. 부인은 쪽지를 즉시 열어 보지 않았고, 정원사의 말도 건성으로 듣고는 바삐 일을 이어 갔다. 정원사는 기다리고 또 기다렸지만 아무 소식도 받을 수 없었다. 하인, 집사, 하녀, 시종 들이 줄줄이 그의 앞으로 뛰어갔다. 백작에 관해 알아보니, 옷을 갈아입는 중이라고 했다. 그래서 정원사는 막스를 찾았는데, 마침 방에서 오이게니의 약혼자와 이야기를 나누고 있었다. 그래서일까, 그는 마치 한마디라도 듣거나 대답하면 안 되는 비밀이 터져 나올까 봐 걱정하는 사람처럼 정원사의 입을 막았다. "곧 가요, 간다니까요!" 결국 한참이 지나서야 아버지와 아들은 동시에 방에서 나왔다. 그리고 광귤나무에 관한 치명적인 소식을 듣게 되었다.

"끔찍한 일이군!" 건장하고 쾌활하지만 성미가 급한 백작이 소리쳤다. "있을 수 없는 일이야! 빈의 음악가? 틀림없이 여비를 구걸하면서 아무거나 훔쳐 가는 건달일 거야."

"죄송합니다만, 백작님, 그렇게 뵈진 않습니다. 제가 보기엔 머리가 좀 이상한 것 같습니다. 그런데도 꽤나 잘난 체합니다. 이름이 모저…… 뭐 그렇습니다. 지금 저 아래에서 대답을 기다리고 있는데, 제가 프란츠더러 그 주변을 돌면서 감시하라고 했습니다."

"그게 무슨 소용이 있나! 이제 그를 잡아 와 봤자 이미 일은 벌어지고 만 게 아닌가! 내가 자네한테 수천 번 말하지 않았는가, 정문을 항상 잠가 놓으라고! 자네가 할 일만 제대로 했으면 이런 일은 일어나지 않았을 거야!"

그때 백작부인이 방에서 달려 나오면서 펼쳐진 쪽지를 손에 들고 흥분해서 소리쳤다. "여기 보세요." 그녀가 외쳤다. "저기 있는 사람이 누구인지 아세요? 맙소사, 이 편지 좀 읽어 봐요. 빈에서 온 모차르트예요. 작곡가 말이에요! 당장 달려가서 모셔 와야 해요. 혹시 가 버리지 않았을까 걱정이네요. 밸텐, 그분을 공손히 대했나요? 대체 무슨 일이죠?"

"무슨 일이냐고?" 남편이 대답했다. 유명인의 방문 소식조차도 백작의 모든 분노를 당장에 없애 버릴 수는 없었다. "그 정신없는 인간이, 내가 오이게니한테 주려고 가꾼 아홉 개의 귤 중에서 한 개를 나무에서 따 버렸다고! 정신 나간 짓을 했어! 우리가 준비한 유흥이 엉망이 됐고, 막스는 암송하려고 외운 시를 다 잊어버릴 지경이야!"

"그렇지 않아요." 부인이 말을 막았다. "실수는 얼마든지 만회할 수 있어요. 나한테 맡기세요. 어서 두 사람은 그 선량한 분께 가서 친절히 맞이하고, 될 수 있는 대로 좋게 말을 하세요. 우리가 그분을 붙잡으면 오늘 떠나려던 여행을 중단할 수도 있어요. 만약 모차르트가 벌써 정원에서 사려졌다면 여인숙으로 찾아가서 부인과 함께 모셔 오세요. 오늘 이 기회야말로 오이게니한테는 최고로 큰 선물, 가장 놀랄 만한 기쁨을 만들어 줄 수 있어요."

"맞아요." 막스가 말했다. "그게 바로 제가 제일 먼저 생각한 바입니다. 어서요, 아버지, 어서 가요." 서둘러 계단을 내려가면서 그가 말했다. "시에 대해서는 걱정하지 마세요. 축시는 이제 충분합니다. 이 사건이 오히려 특별한 행운을 불러올 겁니다.", "그렇게 안 될걸.", "자신 있습니다.", "그래, 네 말을 믿어 보자. 그럼 어서 그 정신 나간 손님한테 가서 친절을 다하자꾸나."

성에서 이런 일이 벌어지는 동안, 이른바 죄인은 이 사건의 추이에 관해서는 아무런 관심도 없이 꽤 오랫동안 무엇인가를 쓰는 데 열중했다. 하지만 아무리 기다려도 아무도 나타나지 않자 그는 불안해져서 이리저리 돌아다녔다. 그때 여인숙에서 식사 준비가 다 되었다는 급한 전갈이 왔다. 어서 돌아오라는 심부름꾼의 독촉이었다. 그가 돌아가려고 채비를 하는데, 신사 두 사람이 정자 앞에 나타났다.

백작이 인사를 했는데, 마치 오랜 친구에게 건네는 인사처럼 목소리가 크고 활기찼다. 모차르트에게 변명할 기회도 주지 않고 백작은 대뜸 그들 부부가 적어도 오늘 오후, 아니 저녁까지만이라도 가족 모임에 참석해 달라고 부탁했다. "마에스트로님, 선생은 우리 집에서 결코 낯선 분이 아닙니다. 모차르트라는 성함이 우리 집에서만큼 열광적으로, 그렇게 자주 입에 오르내리는 곳은 아마 어디에도 없을 겁니다. 내 조카는 노래도 하고, 피아노도 칩니다. 거의 하루 종일 피아노 앞에서 지내는데, 선생님의 작품을 다 외우고 있습니다. 지난겨울에 선생님의 음악회에도 다녀왔지만 좀 더 가까이에서 만나 뵙고 싶어 합니다. 몇 주 동안 빈에 머물며 선생님께서 종종 방문하는 갈리치엔 대공 댁의 초대를 받을 수 있도록 친지들한테 약속까지 받아 놓았습니다. 그런데 이제 프라하에 가시면 선생님께선 금방 돌아오지 않을 듯하고, 또 돌아올 때 이곳에 들르실지는 아무도 알 수 없는 일입니다. 오늘 그리고 내일은 쉬는 날로 하십시오. 마차는 당장 돌려보내도록 하겠습니다. 앞으로의 여정은 우리가 책임지겠습니다."

친구들이나 노는 일이라면 이 정도뿐 아니라 그 열 배라도 희생할 수 있는 작곡가는 오래 생각하지 않았다. 그는 백작에게 기꺼이 반나절 동안 그곳에 머물겠다고, 하지만 다음 날에는 일찍부터 여행을 재개해야 한다고 말했다. 신이 난 막스는 자신이 마담 모차르트를 모셔 오겠다며 여인숙의 모든 일을 해결할 수 있도록 해 달라고 부탁했다. 일단 그가 가고, 이어서 마차 한 대가 그의 뒤를 따르도록 결정되었다.

우리는 이 젊은이가 부모로부터 명랑한 성격, 문학적 재능과 사랑을 물려받았으며, 군인 생활을 진정으로 좋아하지는 않지만 앞서 언급한 다른 분야 못지않게 장교로서의 지식과 의젓한 태도 또한 뛰어나다는 점을 알아야 한다. 그는 프랑스 문학에 조예가 깊었고, 상류 사회에서 독일 문학이 별로 인정받지 못하던 시절에도 훌륭한 규범을 따르는 독일 시의 결코 경박하지 않은 쾌활함에 찬사를 보내며 사랑했다. 그런 장점을 그는 하게도른[22]이나 괴츠[23] 같은 작가들에게서 발견했다. 요즘이야말로 그가 자신의 재능을 마음껏 발휘할 수 있는 시대였다.

그는 여인숙의 딸과 잡담을 나누는 마담 모차르트에게 갔다. 그녀는 음식이 차려진 식탁 앞에 앉아 이미 스프를 먹기 시작했다. 남편의 예기치 않은 행동이나 즉흥적으로 벌이곤 하던 별난 사건이 낯설지 않았기 때문에 그녀는 젊은 장교가 나타나서 하는 말을 쉽게 받아들였다. 그녀는 거리낌 없이 명랑하게, 조심스러우면서도 민첩하게 모든 필요한 일을 스스로 해결했다. 짐을 싸고 돈을 지불하고 마차를 돌려보내고 요란스럽지 않게 화장을 하고 준비를 끝낸 다음, 그녀는 장교를 따라 유쾌한 기분으로 성으로 왔다. 어떻게 해서 남편이 성으로 들어가게 되었는지에 대해선 아무것도 몰랐다.

그동안 남편은 이미 아주 편안하게, 최상의 기분으로 이야기를 나누고 있었다. 잠시 후 모차르트는 약혼자와 함께 나타난 오이게니를 만났는데, 그녀는 활짝 피어난, 우아하고, 진지한 여성이었다. 금발이었고 날씬한 몸에는 화려한 망사가 달린, 광택이 나는 진홍빛 실크 드레스를 걸치고 있었는데, 머

---

22 Friedrich von Hagedorn(1708-1754): 함부르크 태생으로 독일 시 문학에 새로운 경쾌함과 우아함을 도입하며 당대에 높은 평가를 받았다.

23 Johann Nikolaus Götz(1721-1781): 성직자이자 시인, 번역가로 감상적인 시를 썼다.

리에는 귀한 진주가 박힌 하얀 머리 장식도 하고 있었다. 오이게니보다 그다지 연상으로 보이지 않는 남작은 자상하고 솔직한 성격으로, 모든 점에서 그녀와 잘 어울려 보였다.

대화의 첫 부분은 서글서글하고 쾌활한 주인이 주도했는데 좀 커다란 목소리로 여러 가지 농담과 이야깃거리로 모두를 즐겁게 했다. 이윽고 간식이 나왔고, 우리의 여행객은 조금도 사양하지 않았다.

누군가가 피아노의 덮개를 열었는데 「피가로의 결혼」 악보가 펼쳐져 있었다. 약혼자의 반주에 맞춰 오이게니가 노래를 시작했다. 정원 장면의 수잔나 아리아 부분이었다. 감미로운 열정의 감정이 여름밤의 향기로운 바람처럼 밀려왔다. 오이게니의 뺨에 돌던 옅은 홍조가 잠시 창백해졌다. 하지만 그녀의 가슴을 억누르던 모든 속박은 입술에서 흘러나오는 첫 음성과 함께 곧 사라졌다. 그녀는 높은 파고 위에서 미소를 지으며 자신감에 넘쳐 노래를 불렀다. 그녀 삶의 모든 나날들 중 단 한 번의 순간, 이 순간의 감정에 그녀는 무한히 빠져들었다.

모차르트는 깜짝 놀랐다. 노래가 끝나자 그는 오이게니에게 다가가 진심에서 우러나온 한마디를 건넸다. "무슨 말을 해야 할지 모르겠습니다. 아가씨, 이곳 태양이 스스로 그 아름다움을 드러내는 이 자리에 내가 함께한 것은 축복입니다. 이런 노래를 들으면 마음이 마치 욕조 안의 아이처럼 즐거워집니다. 아이는 웃고 놀라워하며 더 이상 행복할 수 없을 정도입니다. 정말이지 이렇게 순수하고 소박하고 따스한, 한마디로 완벽한 노래는 우리 같은 사람들도 빈에서 매일 들을 수는 없습니다." 이렇게 말하면서 그는 오이게니의 손에다가 진심을

담이 키스했다. 그의 고귀한 우아함과 친절, 그리고 재능에 대한 칭찬은 오이게니를 무한히 감동시켰다. 그녀는 거의 현기증이 날 정도였고 눈에는 눈물이 고였다.

그때 마담 모차르트가 문으로 들어왔고, 곧이어 기다리던 손님들이 도착했다. 그들은 근처에 사는, 이 집과 무척 가까운 귀족 가문의 딸인 프란치스카를 대동하고 왔다. 그녀로 말하자면 어려서부터 오이게니와 단단한 우정으로 묶여 있어서 이 집이 곧 자기 집이나 마찬가지였다.

모두들 인사를 나누고 포옹하고 축하의 말을 했다. 빈에서 온 두 손님을 소개했고, 모차르트는 피아노 앞에 앉았다. 그는 자신의 작품 중에서 협주곡의 한 부분을 연주했는데, 그것은 오이게니가 요즘 연습하는 곡이었다.

이번과 같은 작은 모임에서의 연주는 공개적인 장소에서 하는 비슷한 연주와 현저한 차이가 난다. 집 안이라는 익숙한 공간에서 듣는 연주에서는 예술가의 개성이나 천재적 재능으로부터 보다 직접적인, 큰 감동을 받게 된다.

모차르트는 화려한 곡을 연주했는데, 순수한 아름다움이 변덕을 부리듯이 자연스럽게 우아함의 지휘 아래로 들어간다. 스스로를 형식의 의도적 장난질 속으로 숨기고, 눈부시고 화려한 광채의 뒤로 감추려는 것이다. 하지만 어떻게 움직여도 아름다움은 고귀함을 드러내면서, 뜨거운 열정을 아낌없이 쏟아 낸다.

마술 같은 연주에 긴장한 채로 주목하는, 엄숙한 정적이 흐르는 순간이었지만 백작부인과 오이게니를 포함해 청중의 대부분은 눈과 귀가 분리되어 있다고 느꼈다. 모두 작곡자를 정신없이 바라보았다. 그의 단순하고 거의 뻣뻣한 자세, 선량한 얼굴, 부지런히 움직이는 작은 두 손을 쳐다보며 이 놀라운 인물에 관한 수천 가지 생각을 쫓아낼 수 없었다.

마이스터가 일어서자 백작이 콘스탄체를 보며 말했다. "유명한 예술가에 대해 찬사를 쏟아 내는 일은 왕이나 황제라면 모를까 아무나 할 수 있는 일이 아닙니다. 높은 분들의 입에서 나오는 말은 모두 귀하고 독창적으로 보입니다. 그런 분들에게는 모든 것이 허용되지요. 예컨대 남편 분의 의자 뒤에 아주 편하게 서서 최고 연주자의 어깨를 차분히 두드리면서 화려한 즉흥곡의 종결 화음에 대해서 '모차르트 선생, 완벽의 극치입니다.'라고 말해도 됩니다. 그런 말이 고귀한 입에서 떨어지면 마치 도화선처럼 곧장 홀 안으로 퍼져 나갑니다. '무어라고 하셨어?', '완벽의 극치라고 하셨어.' 현악기 주자, 관악기 주자, 작곡자 모두 이 한마디 말에 어쩔 줄 몰라 하지요. 한마디 말이면 충분하고, 그것이야말로 최고의 칭찬, 당당한 황제다운 발언, 우리가 결코 따라 할 수 없는 찬사로, 요제프나 프리드리히라는 이름의 왕에게서 제가 제일 부러워하는 점입니다. 바로 지금 나는 그 어느 때보다도 절망에 빠져 있습니다. 나는 좀 더 색다르고, 더 멋진 말을 찾아낼 수가 없습니다."

백작의 이 재치 있는 말은 사람들의 마음을 사로잡았고, 그래서 모두들 웃음을 터트렸다.

이제 사람들은 부인의 인도에 따라 아름답게 장식된 원형의 만찬실로 옮겨 갔다. 홀에 발을 들여놓는 순간, 향긋한 꽃 향기와 식욕을 불러일으키는 신선한 공기가 밀려 나왔다.

사람들은 적절하게 배치된 자리에 가서 앉았는데, 특별한 손님의 자리는 신랑 신부와 마주 보는 위치였다. 그의 옆에는 나이 든 자그마한 부인이 앉아 있었는데, 프란치스카의 독신 고모였다. 다른 쪽 옆자리엔 아름다운 조카 오이게니가 앉았는데, 그녀의 지성과 쾌활함은 사람들의 마음을 사로잡았다. 콘스탄체는 집주인인 백작과 그녀의 친절한 수행원 소위 사이에 앉았다. 나머지 사람들도 자리를 잡았고, 열한 사람은 될 수 있는 대로 섞여 앉아 식탁은 끝자리 하나만 비었다. 식탁 중앙에는 인물들이 그려진 사기 장식품 두 개가 올라와 있었는데, 그 위에는 생화와 과일로 가득한 커다란 대접이 놓여 있었다. 홀의 벽에는 꽃 장식이 늘어져 있었다. 식탁 위에 미리 준비된 것 그리고 뒤이어 나오는 음식 모두가 엄청난 성찬을 예고했다. 갖가지 귀한 술이, 검붉은 색에서부터 노르스름한 흰색에 이르기까지 잔뜩 마련되어 있었다. 그중 어떤 것은 식탁 위의 대접과 접시 사이에, 어떤 것은 뒤쪽에 있는 소형 식기대 위에 제각기 놓여 있었다. 그런 술에 감도는 멋진 거품은, 관례를 따르자면 잔치의 후반부를 장식하기 위한 것이었다.

대화는 여러 가지 이야깃거리에 관해 다양한 각도에서 활발하게 진행되었다. 백작은 오늘 정원에서 일어난 '모차르트 사건'에 관해 처음에는 넌지시 이야기를 하다가 점점 더 상세하게, 장난스럽게 말했다. 슬그머니 미소를 짓는 사람도 있었고, 왜 그랬을지 열심히 생각해 보는 사람도 있었다. 그리고 마침내 우리의 친구가 입을 열었다.

"맹세코 고백할 것이 있습니다."라고 그가 말했다. "제가 이 귀한 가문과 어떤 식으로 알게 됐는지, 어찌 그런 영광을 누리게 되었는지 말입니다. 이 사건에서 나는 별로 좋은 역할을 맡지 못했습니다. 까딱하면 신나게 여기 앉아 있는 대신,

백작님 성의 외딴 감방에 갇혀 굶주리면서 벽의 거미줄이나 쳐다보고 있을 뻔했지요."

"알았어요." 마담 모차르트가 말했다. "그러니 이제 그 멋진 이야기를 좀 해 보세요." 그가 자세한 이야기를 시작했다. 그는 '백마' 여인숙에 아내를 혼자 남겨 두고 정원을 산보한 일, 정자에서 빚어진 불행한 사건과 경비원과의 담판, 한마디로 말해서 우리가 아는 모든 것을 아주 상세하게 이야기했고 청중은 모두 재미있어 했다. 웃음은 그칠 줄 몰랐고, 얌전한 오이게니마저 너무 웃어 대서 몸이 흔들릴 정도였다.

"자," 모차르트가 말했다. "이런 말이 있지요, 이득을 보려면 놀림 정도는 감수하라. 여러분이 보셨듯이 나는 이 일로 이득을 좀 보았습니다. 하지만 내 어리석은 두뇌가 그동안 잊고 있었던 이야기부터 들어 주십시오. 이번 일은 내 어린 시절의 추억과 연관돼 있으니까요.

1770년 봄, 열세 살 소년이던 나는 아버지와 함께 이탈리아로 갔습니다. 로마에서 나폴리로 가서 음악원에서 두 번 그리고 다른 곳에서 수차례 연주를 했습니다. 귀족들과 성직자들이 많은 관심을 보였고 특히 신부 한 분이 우리와 동행했는데, 전문가 행세를 하는 그분은 궁정의 중요 인사처럼 처신했습니다. 떠나기 전날, 그분이 몇몇 신사들과 함께 우리를 성으로 데려갔습니다. 바다로 이어지는 멋진 길이 놓인 고급 별궁이었는데, 한 무리의 시칠리아 희극 배우들이 거기서 공연을 하고 있었습니다. 「피글리 디 네투노」, 즉 '넵투누스[24]의 아들들'이라는 작품이었는데, 그들은 서로를 존대했습니다. 우리

---

24   이는 로마식 이름으로, 그리스 명칭으로 바꿔 말하면 바다의 신 포세이돈이다.

는 아름다운 카롤리나 왕비와 두 아들까지 참석한, 상류층 관객들과 함께 천막 같은 것을 덮은 낮은 회랑의 그늘 아래에 마련된 긴 의자에 일렬로 앉아 있었습니다. 벽에는 파도가 부딪치며 내는 소리가 울렸습니다. 다양한 빛깔의 바다가 푸른 하늘의 아름다운 빛을 반사했지요. 바로 앞에는 베수비오 화산이 보였고, 왼편으로는 부드럽게 휘어진 매혹적인 해변이 반짝였습니다.

공연의 전반부가 끝났습니다. 물 위에 떠 있는, 일종의 뗏목 같은 판자 무대에서 공연을 했는데 특별한 것은 없었습니다. 하지만 후반부, 최고로 멋진 부분에는 뱃놀이, 수영, 잠수 장면이 들어 있었고, 아직도 세세한 부분까지 전부 내 기억 속에 그대로 남아 있습니다.[25]

좀 멀리 떨어진 곳에서 우아하고 굉장히 날렵한 두 대의 배가 서로 마주 보며 다가왔어요. 보아하니 장난을 치고 있더군요. 좀 큰 배에는 절반 정도만 갑판이 덮여 있었는데, 뱃사공의 좌석도 있고 잘빠진 돛대와 돛이 달려 있었습니다. 화려하게 색칠되어 있는 데다 뱃머리는 황금빛이었습니다. 잘생긴 청년 다섯 명이 거의 벗은 몸으로 팔, 가슴, 다리를 내어놓은 채 어떤 이는 바쁘게 노를 젓고 다른 이는 애인으로 보이는 여러 아가씨들과 장난을 하고 있었습니다. 그중 갑판의 가운데에 앉아서 화환을 엮던 아가씨가 몸매나 용모, 의상에서 다른 여인들보다 돋보였습니다. 다른 아가씨들은 그녀의 시중을 들면서 가리개로 해를 가려 주거나 바구니에서 꽃을 꺼내 주기도 했습니다. 그녀의 발치에는 피리 부는 아가씨가 앉아

25 이하 「피글리 디 네투노」의 공연 장면이다.

있었는데, 다른 여인들이 부르는 노랫소리를 밝은 음색으로 따라갔습니다. 최고의 미인에게도 보호자가 있었지만 두 사람은 서로에게 관심이 없는 것처럼 보였습니다. 내가 보기엔 남자가 여자한테 좀 거칠게 행동하는 것 같았지요.

그러는 사이에 좀 소박해 보이는 다른 배가 다가왔습니다. 그 배에는 청년들만 타고 있었습니다. 앞서 본 청년들이 진홍색 옷을 입은 데 반해, 이번 청년들은 푸른색 옷을 걸치고 있었습니다. 그들은 아름다운 아가씨들을 보자 배를 멈추고 손을 흔들어 인사를 건네며 친하게 지내고 싶다는 뜻을 전했습니다. 아가씨들 중 제일 쾌활해 보이는 아가씨가 가슴에서 장미를 떼어 장난하듯 허공으로 던졌는데, 마치 내 선물을 받아 주겠느냐고 묻는 것 같았습니다. 즉각 확실한 몸짓으로 거기에 대한 응답이 왔습니다. 불쌍한 장난꾼들이 허기와 갈증을 해소하도록 몇몇 아가씨들이 무언가를 던져 주기 시작하자, 붉은 옷을 입은 청년들은 무시하듯 못마땅한 표정으로 쳐다보았습니다. 갑판에는 귤이 가득한 바구니가 있었는데, 실제 과일처럼 보이는 노란색 물체였습니다. 이제 강둑에 자리 잡은 오케스트라의 연주에 맞춰 신나는 장면이 시작되었습니다.

아가씨들 중 한 명이 먼저 시작을 했습니다. 첫 번째로 귤 몇 개를 가볍게 던지니 저쪽에서도 마찬가지로 가볍게 받아서 되돌려 보내더군요. 그런 식으로 왔다 갔다 하다가, 여자들이 점점 더 가세하자 가속도가 붙더니 귤이 열 개 이상 오갔습니다. 중앙에 앉은 미녀는 이 싸움에 전혀 끼어들지 않고 걸상에 앉은 채로 열심히 구경만 하고 있었습니다. 양편이 서로에게 던지는 속도는 경탄할 만한 것이었습니다. 양쪽의 배는 천천히 회전을 하더니 이젠 서른 걸음 정도의 거리밖에 남지 않게 되었습니다. 배의 측면이 서로 부딪치고, 전면의 절반이 서로 마주치기도 했습니다. 대략 스물네 개의 공이 공중에서 끊임없이 오갔는데, 정말 열심이라 더 많은 양을 주고받는 듯 보였습니다. 때때로 엄청난 집중포화가 일어났고, 무척 큰 포물선을 그리며 올라가다가 떨어졌습니다. 일단 누군가 던지면 그걸 놓치는 일은 그다지 없었습니다. 마치 자력에 이끌려 상대의 손안으로 저절로 떨어지는 것 같았습니다.

눈이 즐거운 그 장면을 구경하는 동안, 귀에는 아름다운 멜로디가 들려왔습니다. 시칠리아의 노래, 춤곡, 살타렐로 춤곡, 무도용 노래, 혼성곡, 이 모든 것이 화환처럼 살짝 얽혀 있었습니다. 내 나이 정도의 귀엽고 천진스러운 어린 공주는 고개를 까딱이며 예쁘게 박자를 맞췄습니다. 그 아이의 미소와 기다란 속눈썹이 아직도 눈앞에 선합니다.

이번에 일어난 사건하고 별 상관은 없지만 이 익살극의 줄거리가 어떻게 되었는지 간단히 말씀드리겠습니다. 더 아름다운 걸 생각할 수 없을 정도였습니다. 작은 전투가 서서히 끝나고 이제 몇 개만 오가자 아가씨들은 그 황금 과일을 주워 모아 다시 바구니에 담았습니다. 그러자 저쪽에서는 한 청년이 장난하듯이 큰 녹색 그물을 집어 들어 잠시 물속에 담갔습니다. 이내 그물을 들어 올리니 놀랍게도 파랑, 초록, 황금빛으로 반짝이는 커다란 물고기가 걸려 있었습니다. 그것을 들어 올리려고 곁에 있던 청년들이 열심히 달려들었습니다. 그 물고기들은 마치 살아 있는 진짜 물고기처럼 손에서 빠져나갔습니다. 하지만 이것이야말로 붉은색 옷을 입은 청년들을 유혹해서 물속으로 뛰어들게 하려는 계략이었습니다. 기적을 보고 놀란 사람들처럼 그들은 물고기가 물속으로 사라지지 않고 계속 수면에서 노는 모습을 보자 아무런 망설임 없이 모두 바다로 뛰어들었습니다. 그런데 붉은색 옷의 청년들은, 이제 보니 열두 명의 날쌔고 체격 좋은 수영 선수들이었습니다. 그래서 그들은 달아나는 물고기를 잡으려고 뛰어내린 것이었죠. 물고기는 흔들리는 파도에 따라 잠시 물속으로 사라졌다가 여기저기, 누군가의 다리 사이에, 혹은 다른 사람의 가슴하고 턱 사이로 모습을 드러냈습니다. 붉은색 옷의 청년들이 물고기를 잡으러 열심히 따라다니는 모습을 본 다른 쪽의 청년들은, 그 순간을 이용해 번개처럼 갑자기, 재빠르게 아가씨들만 남은 건너편 배로 옮겨 갔습니다. 물속에 빠진 청년들은 온통 소리를 지르고 법석을 떨었지요. 청년들 중에서 제일 멋진, 메르쿠리우스처럼 생긴 청년이 기쁨에 넘치는 얼굴로 미녀에게 달려가 포옹하고 키스를 했는데, 그녀는 남들이 소리 지르는 데에 상관하지 않고 양팔을 벌려서 익히 아는 그 청년을 끌어안았습니다. 배신당한 무리들이 급히 몰려갔지만, 배에 탄 사람들이 그들을 노와 다른 무기로 내쫓았습니다. 뒤늦은 화풀이, 아가씨들의 비명, 일부의 거센 저항, 부탁과 애원이 파도 소리와 음악 소리에 파묻히더니 갑자기 상황이 다른 분위기로 바뀌었습니다. 정말 말로 표현할 수 없을 정도로 아름다웠습니다. 관객은 열광의 회오리에 휩싸였습니다.

바로 그 순간, 그때까지 느슨하게 묶여 있던 돛이 풀리기 시작했습니다. 그 안에서 은빛 날개를 지닌 분홍빛 소년이 튀어나왔는데 활, 화살, 화살통을 들고 있었습니다. 소년은 아주 우아하게 돛 위를 날아다녔습니다. 노 젓는 청년들은 이미 노를 젓기 시작했고, 돛에는 바람이 잔뜩 실렸습니다. 하지만 이런 것들보다도 신의 존재와 강히게 밀어붙이는 신의 힘이 더 강력하게 배를 앞으로 떠밀었습니다. 뒤처진, 이젠 거의 숨이 멎을 듯한 수영 선수들은 왼손으로 황금빛 물고기를 머리 위로 쳐든 채 금방 기권을 하더군요. 기진맥진해진 그들은 뒤에 남겨진 배로 피신했습니다. 그러는 동안, 녹색 팀은 숲이 우거진 반도에 도착했는데, 그때 뜻밖에도 무장을 한 어마어마한 배가 나타났습니다. 무시무시한 상황에 직면하자 그들은 조용히 타협하고 싶다는 뜻으로 백기를 흔들었습니다. 같은 신호가 저쪽 편에서도 오자 그들은 뭍으로 접근해 갔습니다. 자신의 결정으로 그곳에 남기로 한 한 사람만을 제외하고, 선량한 아가씨들은 신이 난 연인들과 함께 커다란 자기네 배로 돌아갔습니다. 이게 희극의 끝입니다.”

“제가 보니까,” 모두들 지금 들은 이야기에 관해 칭찬을 하는 휴식 시간에 오이게니가 눈을 반짝이며 남작에게 말했다. “이 이야기는 처음부터 끝까지 교향곡을 그림으로 만든 것 같네요. 그리고 모차르트 님의 사고방식에 관한 하나의 완벽한 복사물 같기도 해요. 완전하게 쾌활한 성격 말이에요. 안 그런가요? 그 안에 「피가로」의 모든 매력이 들어 있지 않나요?”

약혼자가 그녀의 말을 작곡자에게 전해 주려는 순간, 모차르트가 다시 입을 열었다.

“내가 이탈리아를 본 지 벌써 십칠 년이나 흘렀습니다. 그곳을 본 사람이면, 특히 나폴리를 본 사람이라면 일생 동안 그곳을 생각하지 않을 수 없습니다. 특히 나처럼 어린 시절에 그곳을 보았다면 더욱 그럴 겁니다. 오늘 이곳 정원에서만큼 그곳 바닷가의 아름다운 저녁이 생생하게 떠오른 적은 없습니다. 눈을 감으면 그 아름다운 풍경이 너무도 선명하게, 맑고 명랑하게 베일을 벗으면서 눈앞에 펼쳐집니다. 바다와 해안, 산과 도시, 해변을 걷는 다양한 사람들의 물결, 신나게 공을 주고받는 공놀이! 동일한 음악이 다시 귀에 들리고 아름다운 멜로디로 엮인 화환이 마음속을 파고듭니다. 낯선 멜로디와 익숙한 멜로디, 이것과 저것이 서로 교차합니다. 그러다가 갑자기 춤곡이 튀어나와요. 8분의 6박자, 완전히 새로운 것입니다. 잠깐, 생각 좀 해 보자, 이게 뭐지, 정말 엄청나게 귀엽네! 좀 더 가까이 들여다보니, 맙소사, 이건 마제토, 이건 체를리나[26] 아닌가!" 그가 마담 모차르트를 쳐다보면서 웃었는데, 그녀는 그의 말귀를 금방 알아들었다.

"요점은 바로 이것입니다." 그가 말을 이었다. "1막의 경쾌한 소품곡 하나가 아직 해결이 안 됐습니다. 시골 결혼식의 듀엣과 합창이죠.[27] 두 달 전에 이 곡을 순서대로 넣으려고 했을 때, 첫 구상이 제대로 이루어지질 않았어요. 단순하고 아기 같은, 기쁨에 넘쳐서 들뜬, 펄럭이는 리본 같고, 아가씨가 가슴에 단 신선한 꽃과도 같은 그런 곡이어야 합니다. 하지만 아무리 사소한 것도 억지로 할 수 없는 법이고, 종종 그런 소품은 우연히 저절로 만들어지기 때문에 나는 그것을 그대로 내버려 두고 더 규모가 큰 곡에 매달린 채 별로 생각도 하지 않았습니다. 그런데 오늘 마차를 타고 오는 중에, 이 마을로 들어서기 직전에 가사가 생각났습니다. 그런데 더 이상 기억나지 않았어요. 알아내야겠는데도 당최 기억이 안 나더군요. 그러다가 한 시간 뒤, 분수 근처의 정자에서 모티프 하나가 떠올

---

26   마제토와 체를리나는 「돈 조반니」에 등장하는 인물들이다.

27   「돈 조반니」의 1막에 등장하는 마제토와 체를리나의 결혼식 장면.

랐습니다. 다른 어느 때, 어떤 방식보다도 더 멋지고 더 훌륭하게 말이지요. 예술을 하다 보면 특별한 경험을 하곤 하지만, 이런 비슷한 일은 생전 처음 겪는 것이었습니다. 가사에 딱 들어맞는 하나의 멜로디가, 아니, 너무 앞지르지 않기로 하죠, 아직 그 정도는 아닙니다. 비로소 새가 알을 깨고 머리를 내민 것이니까요. 아무튼 나는 그 자리에서 하나의 곡을 완벽하고 깔끔하게 끝냈습니다. 그러는 내내 체를리나의 춤이 눈앞에서 어른거리고, 나폴리 항구의 경쾌한 풍경이 보였습니다. 신랑과 신부가 주고받는 노래, 하녀와 시동 들이 부르는 합창이 들렸습니다.”

모차르트는 아주 즐겁게 노래의 첫 소절을 노래했다.

오직 사랑, 사랑만을 생각하는 아가씨들,
세월을 헛되이, 헛되이 보내지 말아요.
가슴속 사랑의 불꽃, 불꽃이 타오르면,
약은 바로 여기 있어요. 라 라 라 라 라!
사랑은 즐거워, 즐거워! 라 라 라 라 라!

“그러는 동안 내 두 손은 커다란 범죄를 저질렀습니다. 적수는 울타리에서 나를 엿보다가 푸른 정복을 입은 무서운 남성의 모습으로 나타났습니다. 마치 베수비오 화산이 폭발해서 바닷가의 황홀한 저녁에 검은 재를 흩뿌리듯이 관객과 배우 그리고 모든 파르테노페[28]의 영광을 뒤흔들고 뒤집어엎는 것 같았습니다. 맙소사, 그런 대참사는 정말 상상하지도 못

28 나폴리의 옛 이름.

한 일, 형언할 수 없이 무시무시한 사건이었습니다. 악마가 나타났구나, 정말이지 그런 생각이 들었습니다. 쇠로 만든 것 같은 얼굴, 엄혹한 로마의 황제 티베리우스[29]와 비슷했어요. 하인이 저렇게 무서우니 주인은 또 얼마나 대단할까, 하고 나는 생각했습니다. 솔직히 말해서 저는 부인이 보호해 주시리라 기대했는데, 그건 근거가 있는 생각이지요. 여기 있는 콘스탄체, 제 아내로 말하자면 천성적으로 호기심이 많은데, 여인숙의 뚱뚱한 주인 아낙한테서 이곳 백작님과 모든 식구들의 성품에 관해서 알아야 할 만한 걸 이미 전부 다 들었거든요. 내가 곁에 있는 데에서 말입니다. 그래서 나도 옆에서 다 들었지요."

그러자 마담 모차르트가 참지 못하고 그의 말을 가로막으면서, 오히려 온갖 것을 물어본 사람은 남편이라고 강하게 반박했다. 남편과 아내 사이에 뜨거운 공방이 오갔고 그것이 많은 사람들에게 웃음을 주었다. "그건 아무래도 상관이 없습니다."라고 모차르트가 말했다. "아무튼 저는 멀리서 백작님의 사랑스러운 양녀, 미래의 아름다운 신부가 미인이고, 말할 수 없이 착하고, 천사처럼 노래를 잘한다는 얘기를 들었습니다. '잘됐다, 이제 살 길이 생겼다.'라고 나는 생각했습니다. 어서 자리에 앉아 노래를 한 곡 써서 내 어리석은 짓을 사실대로 설명하면 즐거운 얘깃거리가 될 거야. 생각하면 곧바로 행동! 시간은 충분했습니다. 그리고 녹색 줄을 그은 깨끗한 백지도 있었습니다. 자, 여기에 노래가 있습니다. 이 곡을, 즉흥으로 만든 신부의 노래를 아름다운 두 손 안에 드리고자 하니 어서

29   Tiberius(기원전 42–기원후 37): 로마 제국의 2대 황제.

빛아 주십시오."

그러면서 깔끔하게 쓴 악보를 탁자 너머 오이게니에게 내밀었는데, 삼촌의 손이 오이게니의 손보다 먼저 그것을 낚아챘다. 그리고 그는 이렇게 말했다. "잠시만 기다려요."

백작이 손짓을 하자 홀의 양쪽 문이 활짝 열리더니 하인 몇 명이 의미심장한 그 광귤나무를 조심스럽게, 조용히 실내로 가지고 들어와 탁자 저쪽 끝의 걸상에다 내려놓았다. 그와 동시에 날씬한 미르테나무 두 그루도 오른쪽과 왼쪽에 가져다 놓았다. 광귤나무 줄기에 매달린 표시판에는 나무의 주인으로서 오이게니의 이름이 적혀 있었다. 나무의 앞쪽에는 냅킨을 얹은 접시 하나가 이끼 덮인 흙 위에 놓여 있었는데, 그것을 치우자 귤 반쪽이 나타났다. 백작은 짓궂은 얼굴로 그 옆에다 마이스터의 친필곡을 올려놓았다. 모두들 마구 함성을 질렀다.

"내 생각에," 백작부인이 말을 했다. "오이게니는 앞에 놓인 것이 무엇인지 모를 것 같네요. 예전에 좋아했던 나무이긴 해도 꽃이 만발하고 열매가 달려서 틀림없이 못 알아볼 거예요."

놀라서 믿지 못하겠다는 듯 오이게니가 나무를 바라보고, 삼촌을 쳐다보았다. "있을 수 없는 일이에요." 그녀가 말했다. "다시 살아났을 줄 정말 몰랐어요."

"너는 아마 다른 나무라고 생각하겠지?" 부인이 말했다. "그 대신 다른 나무를 가져왔다고 말이야. 아니야, 한번 보렴. 내가 마치 연극처럼 일을 꾸며 놓았단다. 희극에서는 죽은 줄 알았던 자식이나 형제를 어릴 적에 생긴 반점이나 상처 같은 것으로 다시 찾아내지. 이 나무를 좀 보렴. 여기 십자 모양으로 파 놓은 게 보이지? 네가 아마 수백 번은 보았을 거야. 자, 이게 네 나무니, 아니면 네 나무가 아니니?" 오이게니는 더 이상 의심할 수 없었다. 그녀의 놀라움, 감동, 기쁨은 이루 다 말할 수가 없었다.

출중한 부인은 이 나무와 관련해서 백 년도 더 된 이 집안의 일들을 아직도 기억하고 있었다. 여기서 그중 일부만 기억해 보고자 한다.

빈의 정부에서 정치가로서 이름을 날린 백작의 조부는 역대 두 명의 왕으로부터 변함없는 신뢰를 받았는데, 가정 역시 그에 못지않게 다복했다. 부인은 레나테 레오노레였는데, 특출한 분이었다. 자주 프랑스에 체류했던 부인은 유명한 루이 14세의 화려한 궁정에서 당대의 유명 인사들과 친분을 쌓았다. 조모는 변화무쌍하고 흥미로운 향락에 마음껏 참여했지만 언행에서 결코 독일인으로서의 명예심과 도덕적 엄격함을 버린 적이 없었다. 그 점은 지금도 남아 있는 초상화에 역력히 드러나 있다. 그런 사고방식 덕에 조모는 특이하게도 그곳 사회와 정반대되는 소박한 성향을 보여 주었다. 그래서 남아 있는 편지를 보면 얼마나 솔직하고 재치가 넘쳤는지, 그 흔적을 적잖이 발견할 수 있다. 이 독특한 부인은 신앙 문제, 문학, 정치 그 어떤 것에 관해서도 언제나 올바른 원칙과 견해를 옹호했다. 그뿐만 아니라 그곳 사회의 단점을 아무 거리낌 없이 비판했다. 지성 함양의 본거지인 마담 니농[30]의 저택에서 만난 여러 인물들에게 쏟은 특별한 관심 역시 그분의 성격대로 신

---

30 Ninon de Lenclos(1616-1705): 몰리에르 등 예술가들이 자주 드나들던 살롱을 운영했다.

중했기 때문에, 마담 폰 세비네[31] 같은 당대 귀부인과의 귀한 우정도 충분히 가능했다. 별세하신 후에 할머니의 흑단 상자에는 은빛 꽃무늬로 테를 두른 종이에 샤펠[32]이 손수 써서 보낸 많은 장난스러운 쪽지 외에도, 모녀가 오스트리아의 소중한 친구들에게 보낸 꾸밈없는 편지들이 발견되었다.

어느 날 트리아농에서 열린 축제 때, 그녀는 마담 세비네로부터 정원 테라스에 만발한 광귤나무 가지를 하나 선물로 받았다. 그녀는 그것을 곧 화분에 심어 뿌리내리도록 했고, 장차 안전하게 독일로 가지고 왔다.

약 이십오 년 동안 나무는 그녀가 지켜보는 가운데 잘 자랐고, 그 후에는 자식과 손자 들이 극진히 돌봤다. 개인적인 가치뿐만 아니라 이 나무는 고통스러운 미래까지 내포하고 있었기[33] 때문에 요즘에는 약간 저평가되지만 예전에는 거의 신격화되었던 당대의 세련된 지성의 상징으로 여겨졌다. 하지만 이런 것들과 무관한 이 이야기는 세상을 뒤흔들 미래의 입구에서 그리 멀리 떨어지지 않은, 비교적 최근에 일어난 일이었다.

존경스러운 조상에 대한 추억을 가장 많이 간직한 사람은 아무래도 오이게니였기 때문에, 백작은 그 나무를 그녀에게 넘겨주어야 한다고 여러 번 말했다. 그래서 오이게니가 이곳에 없던 지난봄에, 갑자기 나뭇잎이 노래지고 가지가 죽어 가기 시작한 일은 괴로운 사건이었다. 이렇듯 점점 시들어 가는 특별한 원인이 밝혀지지 않았기에 어떤 처방도 효과가 없었

---

31   Marquise de Sévigné(1626–1696): 시골에 사는 딸에게 파리 사교계에서 벌어나는 일들을 써 보낸 편지가 유명하다.

32   Chapelle(1626–1686): 몰리에르, 라신 등과 함께 작품 활동을 한 시인이다.

33   1789년의 프랑스 대혁명을 의미한다.

다. 심지어 그 나무는 자연 수명으로 두세 배는 더 살 수 있었기에 정원사는 더욱 당황했다. 백작은 이웃 전문가의 말에 따라 나무를 외딴 방에다 갖다 놓고 조금 유별난 민간요법, 이를 테면 비밀스러운 치료 방식으로 돌보았다. 언젠가 조카에게 옛 친구가 다시 살아나서 열매를 맺은 모습을 보여 주려는 백작의 희망은 기대 이상으로 이루어졌다. 초조함을 극복하고 익기 시작한 열매가 과연 몇 개나 가지에 달려 있을지 걱정하면서 그는 기쁨을 오늘의 파티까지 몇 주일 연기했다. 그러니 그런 기쁨이, 마지막 순간에 낯선 인물 탓에 망가진 것을 본 백작의 기분이 어떠했을지는 더 이상 말할 필요도 없겠다.

식사 전에, 소위는 엄숙한 전달식에서 낭독할 문장을 고쳐서 지나치게 진지한 시의 끝부분을 그 분위기에 맞도록 수정할 시간을 가졌다. 그는 종이를 꺼내 들고 의자에서 일어나 사촌을 바라보면서 낭독을 시작했다. 글의 내용은 대충 다음과 같다.

헤스페리데스[34]의 사랑을 받은 나무의 후손인 이 나무로 말하자면[35] 먼 옛날 서쪽의 어느 섬, 유노[36]의 정원에서 어머니 대지가 유노에게 줄 결혼 선물로 심겼다. 그리고 아름다운 세 명의 요정들

---

34 신화에 따르면 대지의 여신 가이아가 딸 헤라에게 황금 사과를 결혼 선물로 주었다. 이 황금 사과는 용의 도움을 받아 밤의 요정 헤스페리데스가 지킨다고 한다.

35 황금 사과가 귤, 여기서는 광귤나무로 바뀌었다.

36 로마 신화의 최고 여신으로 유피테르의 아내다. 그리스 신화에서는 제우스·헤라이고, 로마 신화에서는 유피테르·유노인데, 여기서는 그리스 신화와 로마 신화가 뒤섞여 있다. 그리스 신화라면 유노가 아니라 헤라가 되어야 한다.

로 하여금 돌보게 한 나무다. 그 후 귀한 신부에게 나무를 선물하는 풍습이 신으로부터 인간에게 전해졌기에, 나무는 그런 운명과 더불어 계속 선망과 희망의 대상이었다.

기나긴 기다림 끝에 나무에게 시선을 보내는 아름다운 아가씨가 드디어 나타났다. 그녀는 애교를 부리며 종종 나무 곁에 머물렀다. 그런데 샘가에 서 있는 심술궂은 이웃인 무사(Mousa)의 월계수가 시샘하여 예술적 감성을 가진 이 미녀에게서 상대를 사랑하는 마음과 감정을 빼앗아 버렸다. 곁에서 아무리 위로를 해도 소용이 없자 미르테는 나무에게 자기를 보면서 인내심을 가지라고 말한다. 하지만 연인을 만날 수 없자 나무는 슬픔이 더욱 심해져 결국 병으로 죽고 만다.

여름이 오자 그동안 멀어진 애인이 돌아왔는데, 마음이 다정하게 바뀌어 있었다. 마을, 성, 정원 모두가 그녀를 엄청난 기쁨으로 환영했다. 활짝 피어난 장미와 백합은 그녀의 아름다움에 놀라 스스로 부끄러워했고, 숲과 나무들은 그녀에게 행복을 빌었다. 하지만 그녀는 한 나무, 가장 귀한 그 나무에게 너무 늦게 온 것이었다. 뿌리는 이미 시들어 있었다. 그녀의 손은 시든 줄기와 흔들리는 나뭇가지를 쓰다듬었다. 나무는 누구의 손길인지 알아채지 못했다. 그녀가 얼마나 슬퍼하며 비통한 탄식을 쏟아 냈는지 모른다.

멀리서 아폴론이 딸의 목소리를 들었다. 그는 가까이 와 보고 딸의 슬픔을 안타까워했다. 아폴론이 당장에 치유의 손을 나무에 얹었다. 그러자 나무가 금방 몸을 떨었다. 껍질의 마른 수액엔 물이 넘치고 어린잎이 돋아나더니, 하얀 꽃도 여기저기서 향기롭게 피어올랐다. 천상의 존재들에게 불가능은 없는 법! 이윽고 동그란 하얀 열매가 맺히더니 3 곱하기 3은 9, 아홉 자매가 매달렸다. 열매는 쑥쑥 자라났다. 어린 녹색은 어느새 황금빛으로 바뀌었다. '포이보스'[37]라는 이 시는 이렇게 끝난다.

포이보스가 열매를 센다,
너무도 기뻐하면서.
저런, 그의 입에는 즉시
침이 고이기 시작한다.

그때 음악의 신이 미소 지으며
제일 달콤한 열매를 차지한다.
"우리 나눕시다, 멋진 분,
아모르[38]한테 반쪽을 줍시다."[39]

시인은 황홀한 박수갈채를 받았고, 감정 과잉으로 전체의 분위기를 완전히 망가트린 바로크식 분위기는 곧 용서를 받았다.

때로는 백작, 때로는 모차르트의 일에 대해 여러 번 재치를 발휘했던 프란치스카가 갑자기 무엇인가를 생각해 냈는지 재빨리 어디론가 달려가더니 커다란 영국 동판화를 들고 왔다. 유리를 끼우고 액자를 두른 그림이었는데, 외딴 방에 눈에 띄지 않게 걸려 있던 것이었다.

"그러니까 내가 항상 들어 온 얘기가 맞네요." 그림을 탁자 끝에 세워 놓으면서 그녀가 말했다. "태양 아래 새로운 것

---

37   빛나는 존재라는 뜻으로 아폴론의 별칭이다.

38   사랑의 신. 에로스. 큐피드의 다른 이름.

39   백작을 포이보스(아폴론)로, 모차르트를 음악의 신(무사)으로 비유하면서 백작이 아끼는 귤을 모차르트가 따 버린 행동을 놀리고 있다.

은 없어요. 여기 황금시대⁴⁰의 장면이 있어요. 그 시대를 오늘 우리가 경험하고 있지 않나요? 이제 이 상황에서 아폴론이 스스로 인정만 하면 됩니다."

"그렇습니다." 막스가 의기양양하게 소리쳤다. "여기 아름다운 신은 생각에 잠겨 성스러운 샘에 몸을 숙이고 있습니다. 그게 전부가 아니지요, 늙은 사티로스⁴¹가 저기 숲의 뒤에서 그를 엿보고 있어요. 아폴론은 오랫동안 잊고 있던 아르카디아⁴²의 춤을 생각해 내는 중인데, 그 춤으로 말하자면 어린 시절에 늙은 케이론⁴³이 치터⁴⁴에 맞춰 가르쳐 준 춤이죠."

"그래요, 정말 그래요." 프란치스카가 모차르트의 뒤에서 손뼉을 쳤다. "그리고 열매가 달린 나뭇가지가 신을 향해 수그리는 것이 보이세요?"

"맞아, 그건 신의 신성한 나무, 올리브나무지."

"아니에요, 귤이에요. 곧 그가 생각 없이 한 개를 딸 거예요."

"아니," 모차르트가 큰 소리로 말했다. "오히려 그 짓궂은 입을 수천 번의 키스로 다물게 할 것 같은데!" 그러면서 그가 그녀의 팔을 잡아 입술을 허락할 때까지 놓아주지 않으리라

---

40 그리스·로마 신화의 황금시대는 노동 없이 산물이 풍부하며, 부정과 악이 없는 행복의 시대다. 그다음에 오는 은의 시대에는 독신(瀆神)의 죄로 인류가 파멸의 길을 걷는다. 청동의 시대에는 인간이 서로를 죽이는 말세에 이르고, 마지막 철의 시대에는 모든 악덕이 퍼져 신들이 지상을 떠난다고 한다.

41 그리스 신화에 등장하는 반인반수의 자연의 정령.

42 펠로폰네소스 반도에 위치한 지역으로 목가적이고 행복한 땅의 대명사.

43 반인반마(半人半馬)로 매우 현명하고 뛰어난 학자이자 현자다.

44 골무로 줄을 뜯어 음을 내는 현악기의 일종.

고 말했다. 별다른 저항 없이 그녀는 그렇게 하도록 할 터다.

"막스, 여기 그림 아래에 뭐라고 쓰여 있는지 설명 좀 해 주렴." 백작부인이 말했다.

"호라티우스[45]의 송가 중에서 따온 유명한 글이에요. 베를린의 시인 람러[46]가 최근에 이 작품을 독일어로 훌륭하게 번역했습니다. 이 한 구절만 봐도 정말 멋집니다."

……여기, 어깨에다
새 활을 얹어 보지 못한 사람

어머니 같은 델로스[47]의 푸른 숲과
파타라[48]의 그늘진 해변에 사는 사람
황금빛 고수머리를
카스탈리아[49]의 강물에 담그는 사람.

"멋져, 정말로 멋져."라고 백작이 말했다. "단지 몇 군데 설명이 필요한데, 가령 '어깨에다 새 활을 얹어 보지 못한 사람'이라는 말은 언제나 부지런한 바이올린 연주자라는 뜻이지. 하지만 잘 들어 봐요. 모차르트 선생, 당신은 착한 두 사람 사

---

45 Quintus Horatius Flaccus(기원전 65–기원전 8): 로마 공화정 말기의 시인이다.

46 Karl Wilhelm Ramler(1725–1798): 아나크레온풍의 시인으로, 호메로스를 번역했다.

47 에게 해의 키클라데스 제도 한가운데에 떨어진 섬으로, 그리스 신화의 아폴론과 아르테미스의 고향이다.

48 지중해에 위치한 해양 도시로 아폴론의 탄생지다.

49 그리스 델피에 있는 샘.

이에 불화를 일으키셨습니다."

"그러면 안 되지요. 그게 무슨 말인가요?"

"오이게니가 친구를 부러워하고 있는데, 그럴 만한 이유는 충분합니다."

"아, 제 약점을 벌써 알아차리셨군요. 그런데 예비 신랑은 어떠하신가요?"

"한두 번은 제가 눈감아 줍니다."

"좋습니다. 그렇다면 기회를 제대로 알아봐야지요. 하지만 남작님, 걱정하지 마세요. 신이 나한테 그의 얼굴하고 긴 금발을 빌려주지 않는 한 그런 위험성은 없습니다. 제발 좀 그래 주었으면 좋겠습니다. 아름다운 머리 끈으로 묶은 모차르트의 머리카락하고 바꿔 주었으면 좋겠습니다."

"그렇게 되면 아폴론은 조심해야겠네요." 프란치스카가 웃으며 말했다. "카스탈리아의 강물에다 위엄 있게 프랑스 스타일로 단장한 신식 머리를 담그려면 말이에요."

이런저런 농담으로 즐거움과 장난이 점점 더 심해졌다. 남자들은 서서히 술기운을 느끼며 건강을 위해 건배했다. 모차르트는 습관대로 운을 맞춰 이야기를 했다. 소위도 그에게 뒤지지 않았고 아버지 역시 물러서려고 하지 않는데 한두 번은 놀랄 만큼 성공적이었다. 하지만 그런 일은 이 이야기에 써넣을 만한 것이 아니고 되풀이할 만한 것도 아니다. 왜냐하면 그 현장에서 매혹적이었던 무언가를, 즉 모두가 고양된 기분, 번뜩임, 사적인 표현의 흥취 같은 것을 다시 말로 옮겨 적기 어려운 까닭이다.

프란치스카의 고모는 누구보다도 열렬히, 앞으로 마이스터가 잇달아 걸작을 내놓도록 건배를 제안했다. "좋습니다,

자신 있습니다." 모차르트가 소리치면서 술잔을 요란하게 부딪쳤다. 그러자 백작이 어떤 영감을 받았는지 힘차게, 자신감 넘치는 목소리로 노래를 시작했다.

신들이여 명작을 쓰도록
그에게 힘을 주소서.

막스(이어서)
하지만 다 폰테[50]나
쉬카네더[51]는 이제 그만.

모차르트
맙소사, 작곡자는 현재
그 정도밖에 몰라요.

백작
그 작품 모두를 하나도 빠짐없이
이탈리아 최고의 사기꾼
우리의 시뇨르 본보니에리[52]가

---

50 Lorenzo Da Ponte(1749~1838): 이탈리아의 시인이자 극작가로 모차르트와 함께 「피가로의 결혼」, 「돈 조반니」, 「여자는 다 그런 것」을 작업했다.

51 Johann Emanuel Schikaneder(1751~1812): 배우이자 극장 감독으로 「마술피리」의 대본을 썼다.

52 사탕 가게 주인이란 뜻으로, 뫼리케는 다음과 같은 원주를 첨가하고 있다: 모차르트는 친구들 중에서 동료 살리에리를 이렇게 불렀는데, 살리에리는 걸을 때에도 서 있을 때에도 항상 사탕을 먹고 있었다고 한다. 또한 귀염성 있는 그의 성격을 반영하는 말이기도 하다.

보게 되는 것이 내 소원.

막스

오호, 그가 만수무강하기를.

모차르트

제품은 만들지 못한 채로.

셋이서 함께, 강하게

우리의 무슈 본보니에리를

어서 악마가 데려가기를!

　백작이 신이 나서 노래를 부르는 바람에 우연히 만들어진 마지막 4행의 삼중창은 이른바 카논[53]형식이었다. 고모는 유머로서, 아니면 자신감에서 쇠약한 소프라노로 온갖 장식음을 써 가며 열심히 노래에 합류했다. 모차르트는 이 모임을 위해 이 우스개 노래를 음악 형식에 맞춰 순식간에 작업해 낸 뒤 나중에 빈에 가서 완성하겠노라고 약속했다.

　오이게니는 한동안 조용히 티베리우스[54]의 정원에서 가져온 자신의 보물을 살펴보았다. 모두들 모차르트와 오이게니의 듀엣을 듣고 싶어 했고, 백작은 합창에서 다시 한 번 목소리를 낼 수 있어서 좋아했다. 곧 모두 일어나서 피아노를 서

53　한 성부가 주제를 시작하면 다른 성부가 그 주제를 똑같이 모방하면서 화성 진행을 맞추어 나가는 대위적 악곡의 형식.

54　Tiberius Julius Caesar Augustus(기원전 42~기원전 37): 로마 제국의 2대 황제.

둘러 큰방으로 옮겼다.

귀한 음악에 모두가 황홀한 기분으로 빠져들었다. 가사가 시작되었지만 신속한 전조(轉調)와 더불어 행복으로 충만한 절정에서 음악 그 자체가 사라져 버린 느낌이었다. 드디어 우리들의 친구가 피아노에서 일어나 프란치스카에게로 다가갔다. 막스가 민첩하게 바이올린을 집어 들자, 그는 프란치스카에게 춤을 청했다. 백작도 얼른 마담 모차르트에게 손을 내밀었다. 재빠른 하인들이 삽시간에 공간을 넓히려고 옮길 수 있는 모든 가구들을 치웠다. 순서대로 한 바퀴 돌아갔고 멋진 소위가 미뉴에트를 부탁하자 프란치스카의 고모도 싫어하지 않는 눈치였다. 그녀는 춤을 추는 동안 갑자기 젊어진 것 같았다. 드디어 마지막 곡을 예비 신부와 추고 나서 모차르트는 그녀의 입에다 약속받은 권리를 아주 멋지게 행사했다.

저녁이 되자 해가 뉘엿뉘엿 저물었다. 이젠 야외가 더 좋을 것 같아서 백작부인은 여자들에게 정원으로 나가서 쉬자고 제안했다. 반면 백작은 남자들을 당구실로 안내했는데, 모차르트가 당구를 좋아하는 것을 알았기 때문이었다. 그래서 사람들은 두 편으로 갈라졌다. 한편 우리는 여자들을 따라가기로 한다.

넓은 길을 여유롭게 올라갔다 내려갔다 산책하다가 그들은 둥그스름한 언덕으로 올라갔는데, 언덕의 중턱에는 높은 포도 덩굴시렁이 둘려 있었다. 언덕 위에서는 넓은 벌판과 마을, 길이 내려다보였다. 마지막 가을 햇살이 포도 잎을 붉게 물들였다.

"여기가 아주 좋은 것 같아요." 백작부인이 말했다. "마담 모차르트, 우리한테 부인과 남편에 관한 이야기를 좀 해 주세요."

그녀는 그 이야기를 들려줄 준비가 되어 있었다. 모두들 가져온 걸상에 둥글게 자리를 편히 잡았다.

"여러분들이 꼭 들어야만 할 이야기부터 해 드릴게요. 그것이 내가 생각해 낸 작은 장난하고 관계가 있기 때문이에요. 저는 예비 신부에게 오늘을 기억하게 할 아주 특별한 선물을 드려야겠다고 생각했지요. 별로 사치스럽거나 유행하는 물건은 아니에요. 단지 그 내력만이 어느 정도 흥미로운 것이에요."

"무엇인데요?" 프란치스카가 말했다. "적어도 유명인의 잉크병 정도 되나요?"

"그 정도는 아니에요. 지금 이 시간에도 여기 있어요. 보물은 여행 가방 속에 들어 있습니다. 하지만 허락해 주신다면 지난 일부터 이야기를 시작할게요.

재작년 겨울, 남편의 건강 상태는 계속되는 스트레스와 잦은 불쾌감 때문에 열이 나고, 정말로 걱정스러운 상태였어요. 남편은 모임에 나가 있을 때엔 종종 지나칠 정도로 즐겁지만 집에서는 우울한 상태로 생각에 잠겨 신음하고 한숨을 지었어요. 의사는 다이어트, 프리몬트[55] 생수, 야외 운동을 하라고 했어요. 그런데도 환자는 의사의 충고를 듣지 않았어요. 요양은 불편한 데다가 시간을 잡아먹고, 일상생활에 정면으로 방해가 된다는 거예요. 그러자 의사는 사람의 혈액 구성, 혈구, 호흡과 연소(燃素)[56] 등 지금껏 들어 보지 못한 여러 가지

---

55   Bad Pyrmont, 니더작센에 있는 유명한 온천지.

56   18세기 초 독일의 화학자 Georg Ernst Stahl(1660-1734)이 타는 현상을 쉽게

것들에 관해 긴 연설을 했습니다. 그뿐 아니라 남편으로서는 다섯 살 난 아들만큼이나 아는 것이 없는 음식, 음료, 소화에 관해서도 설명했어요. 실제로 그런 배움은 눈에 띄는 효과를 불러왔습니다. 의사가 돌아간 지 삼십 분도 안 되어 남편은 심각하지만 즐거운 얼굴로 오래된 물건을 넣어 두는 장롱에서 지팡이를 찾아내더니 좋아하는 거예요. 나는 그가 그것을 기억해 내리라고 생각조차 못 했어요. 워낙에 제 아버지의 것인데, 커다란 청금석 손잡이가 달린 정말 멋진 지팡이에요. 남편이 지팡이를 들고 다닌 적은 한 번도 없어요. 그래서 나는 웃지 않을 수 없었습니다.

남편이 이렇게 말했어요. '이제 확실하게 치료를 시작할 생각이야. 약수를 마시고 하루 종일 야외에서 운동할 건데 그때 이 지팡이를 사용할 거야. 몇 가지가 생각나는데, 꽤 중요한 일이야. 생각해 보니 다른 사람들, 즉 점잖은 남자들은 지팡이를 꼭 들고 다닌다는 거야. 우리 이웃인 경제 고문관으로 말하자면 친구들을 방문하러 길을 건너갈 때에도 항상 지팡이를 가지고 다니지. 전문가들, 공무원, 정부 요인, 사업가와 고객들도 일요일에 식구들과 교외를 산책할 때 모두들 제대로 된 좋은 지팡이를 가지고 다녀. 특히 미사가 시작하기 십오 분쯤 전에 존경할 만한 시민들이 슈테판 광장[57] 여기저기에 모여 있는 걸 보면 모두들 차분한 도덕관, 근면함, 질서 의식, 여유 있는 태도와 만족감을 든든한 지팡이에다 기대고는 지

설명하기 위하여 가상으로 만들어 낸 물질. 슈탈은 물질이 타는 것은 숨이 빠져나가는 현상이라고 했다.

57   빈 중심가에 위치한 광장.

탱하고 있어. 한마디로 케케묵은 이 구식 관습에는 축복, 특별한 위안이 숨어 있는 것 같아. 당신이 믿든 안 믿든 이 좋은 친구와 더불어 처음으로 다리를 건너 렌베크[58]로 산보 나가는 것을 더 이상 미룰 수가 없어. 이미 서로 약간 낯이 익기 때문에 우리의 우정은 영원히 지속될 거야.'

하지만 그 결속은 오래가지 못했어요. 둘이서 세 번째로 함께 외출했을 때, 그 새로운 친구는 집으로 돌아오지 못했어요. 그러자 남편은 다른 지팡이를 마련했는데 이번에는 좀 오래 지속되었죠. 어쨌든 지팡이 사랑이 의사의 처방을 삼 주 동안 제대로 지킬 수 있도록 크게 공헌했음을 저도 인정합니다. 하지만 결과는 썩 좋지 않았어요. 전혀 힘이 나지도, 밝아지지도, 기분이 편안해지지도 않았어요. 유감스럽게도 곧 다시 남편은 노는 데에 열중하기 시작했고, 나는 매일 힘들었어요. 그런데 고되게 일하고 지쳐서 돌아온 어느 날, 남편은 몇 명의 호기심 많은 여행자들 때문에 연주 모임에 늦게 나갔어요. 한 시간만 나갔다 온다고 엄숙하게 약속을 하고 나갔는데, 사람들을 만나면 대개 그렇지만 일단 피아노 앞에 앉아 불이 붙으면 남편의 순한 마음씨는 남들에게 이용당하기 일쑤지요. 그럴 때면 그는 교회 종소리도 안 들리는, 지상에서 육 마일 위에 떠 있는 몽골피에[59]식 열기구를 탄 사람 같아요. 나는 심부름하는 사람을 밤중에 두 번이나 보냈지만 아무 소용이 없었어요. 가서 주인도 못 만나고 돌아왔어요. 결국 남편은 새벽 3시

---

58 빈의 중심가로 녹지대가 아름답다.
59 Joseph—Michel Montgolfier(1740–1810) 그리고 Jacques—Étienne Montgolfier (1745–1799) 형제는 열기구 개발의 선구자인데, 처음으로 줄을 매지 않고 비행했다.

에 돌아왔어요. 나는 하루 종일 남편을 들볶았죠."

여기서 마담 모차르트는 몇 가지 일을 말하지 않고 넘겼다. 사실 그날 저녁 모임엔 모차르트 부인이 아주 싫어하는 젊은 여가수 시뇨라 말러비가 있었다. 로마 태생의 이 여성은 모차르트의 호의로 오페라 하우스에 들어갔는데, 마이스터의 총애를 얻는 데에 그녀의 애교가 적잖이 작용한 것은 틀림없는 사실이었다. 그녀가 모차르트를 사로잡아 몇 달 동안 꼼짝 못하게 했다는 소문도 있었다. 이것이 사실이든 과장된 소문이든 확실한 것은, 그 후 그녀가 뻔뻔하고 배은망덕하게 굴면서 자신을 도와준 모차르트를 조롱하기까지 했다는 점이다. 그녀의 성품으로 말하자면 자기한테 더 이익이 되는 이들 앞에서 모차르트를 '운 피콜로 그리포라소', 즉 '면도한 새끼 돼지 코'라고 부를 정도였다.[60] 요부가 지껄일 법한 그런 말은 유난히 큰 상처를 주었는데, 거기에 어느 정도 진실의 씨앗이 심겨 있음을 인정할 수밖에 없었기 때문이었다.

그 모임에서 집으로 돌아오는 길에 웬일인지 여가수의 모습이 보이지 않았는데, 마침 어떤 친구가 술기운에 그 모욕적인 말을 마이스터에게 들려주었다. 모차르트는 정말로 기분이 언짢았는데 이번엔 자신의 애제자가 아주 못된 인간이라는 사실이 처음으로 백일하에 드러났기 때문이었다. 그는 너무 화가 난 나머지 잠자리에 든 아내가 쌀쌀맞게 맞아하는 것도 느끼지 못했다. 그는 모욕당한 이야기를 단숨에 아내에게

---

60   원주: 여기서 모차르트를 그린 오래된 작은 프로필이 눈앞에 떠오르는데, 잘 스케치해서 에칭으로 제작한 것으로 모차르트의 피아노곡 표지에 있는 실려 있다. 이 초상화는 오늘날 거래되는 그의 모든 초상화 중에서도 가장 확실하게 흡사하다.

쏟아 냈는데 솔직하게 털어놓으니 어느 정도 죄책감이 해소되는 것 같았다. 곧 아내는 그를 동정했다. 하지만 의도적으로 자중했다. 왜냐하면 남편이 너무 빨리 그 문제에서 벗어나는 걸 원하지 않았기 때문이었다. 모차르트가 푹 자고 정오쯤 일어났을 무렵 아내는 두 아이와 함께 집에 없었고, 식탁에는 한 사람을 위한 식사가 조촐하게 차려져 있었다.

아내와의 일이 모두 다 원만하고 즐겁다고는 할 수 없지만 모차르트를 이렇게 불행하게 만든 일은 많지 않았다. 이제야 그는 아내에게 여러 날 전부터 무슨 걱정거리가 있었는지 깨달았다. 심각한 사건이었지만 그녀는 습관대로 그 이야기를 꺼내는 걸 가능한 한 미뤄 왔다. 현금은 바닥이 났고 당분간 돈이 들어올 전망도 없었다. 그는 집안에 닥친 이런 극한 상황에 관해 아무것도 몰랐다. 하지만 마음은 당황스럽고 절망적인 그 상황 못지않게 답답했다. 그는 식사하고 싶은 생각도, 집에 있고 싶은 생각도 없었다. 갑갑한 집 안 공기에서 벗어나고자 그는 급히 옷을 입었다. 그는 쪽지에다 이탈리아어로 몇 자 남겼다. "당신이 나한테 제대로 가르쳐 주었어. 잘했어. 하지만 부탁인데 내가 집에 돌아오면 다시 다정하게 미소를 보내 줘. 난 카르투시오[61]나 트라피스트회[62] 수도사가 돼 버릴 거야, 정말이지 미칠 것 같아." 그는 당장 모자를 눌러쓰고 나갔다. 지팡이는 이미 유행이 지났기 때문에 가지고 나가지 않았다.

61　성 브루노 수도회라고도 하는데, 가톨릭 교회에 속한 봉쇄 수도회 가운데 하나다.

62　성 베네딕토의 규율을 따르는 가톨릭 교회의 관상 수도회로, 시토회의 분파다.

콘스탄체 부인의 이야기에서 우리가 이미 벗어났으니 이이야기를 좀 더 앞으로 끌고 나가도 괜찮을 것 같다.

재판소 건물 근처에 있는 집에서 나와 군수품 창고 쪽 오른편으로 돌아, 우리의 소중한 주인공은 생각에 잠겨 여유롭게 소위 호프[63]를 지나고 쇼텐키르헤[64]를 지나 쇼텐 성문을 마주 보며 걸었다. 구름이 낀 따스한 여름 오후였고 거기서 그는 왼쪽 옆길로 들어가 묄커바스타이[65]를 지나갔다. 그렇게 그는 한창 시내로 들어오는 지인들과 마주치는 일을 피할 수 있었다. 대포 옆을 말없이 오가는 경비병한테 아무런 방해도 받지 않고 그는 잠시 글라시스 초원과 칼렌베르크 쪽으로, 남쪽 슈타이어 알프스로 이어지는 교외의 풍경을 바라보았다. 외부 풍경에 깃든 아름다운 평화가 그의 내부 상황과 어울리지 않았다. 그는 한숨을 쉬고 나서 에스플라나다를 지나고 알저 마을을 지나 정처 없이 걸었다.

베링어가 골목길 끝에 구주희[66] 시설이 있는 술집이 있었다. 주인은 밧줄 제조공인데, 좋은 상품과 훌륭한 술맛으로 이웃이나 그 집 앞을 지나가는 사람들에게 이름을 떨쳤다. 핀을 던지는 소리가 간간이 들렸지만 손님은 열 명 정도뿐이라 조용했다. 작곡가 양반은 편하고 소박한 사람들 속에서 만사를 잊고 싶은, 거의 의도적인 생각에 잠겨 그곳으로 발길을 돌렸

---

63 Hofburg, 합스부르크 왕가의 성.

64 스코틀랜드 성당이라는 뜻으로 오스트리아에서 가장 오래된 성화인 「쇼텐 교회 성모상(Unsere Liebe Frau zu den Schotten)」이 있다. 12세기에 아일랜드 베네딕트 수도승들을 위해 건립했다.

65 빈 중심에 위치한 도로로, 과거에는 묄커 성루가 있었다.

66 나인핀스(ninepins)라고도 하는 게임으로 볼링의 초기 형태라고 할 수 있다.

다. 그는 나무 그늘이 조금밖에 들지 않는 어느 탁자에 빈의 우물 감독관, 두 명의 시민과 합석했다. 술 한 잔을 주문한 뒤에 일상적인 대화에 끼어들었다. 그러다가 가끔씩 일어나서 구주희 게임을 구경했다.

거기서 멀지 않은 곳, 건물 바로 옆에 밧줄공의 가게가 열려 있었다. 상품으로 가득 찬 작은 공간이었는데, 최근에 손으로 제작한 물품뿐 아니라 판매용으로 만든 부엌, 광, 농사 용품, 고래기름, 마차용 기름, 여러 가지 씨앗, 약초와 회향(茴香)[67]이 여기저기 널려 있거나 매달려 있었다. 술집 손님들의 시중을 들면서 잡화점의 일도 맡은 아가씨가, 마침 한 손으로 아들의 손을 잡고 과일용 저울, 솔, 채찍 같은 것을 사러 온 농부랑 대화하고 있었다. 농부는 여러 가지 물건을 둘러보더니 하나를 꺼내서 들여다보다가 내려놓고 다시 두 번째, 세 번째 것을 가져와서 살폈다. 이내 다시 첫 번째 것으로 마음을 정하는가 싶더니 결국 결정을 하지 못하고 있었다. 술집 손님들의 심부름 때문에 몇 번을 오가면서도 아가씨는 침착하게 농부가 편안하고 쉽게 물건을 고르도록 계속 도와주었다.

모차르트는 구주희 게임대(臺) 옆의 의자에 앉아서 이 모든 것을 만족스럽게 바라보았다. 아가씨의 이해심 있는 태도와 붙임성 있는 표정, 안정되고 진지한 모습이 무척 마음 들었지만 더 관심이 가는 쪽은 매우 만족해하며 물건을 사 간, 그래서 그에게 많은 생각의 여지를 남겨 준 농부였다. 그는 완전히 그 사람 속으로 들어가서, 그가 이 사소한 사건에 어떻게 행동하는지, 몇 푼 차이가 안 나는데도 이리저리 고민하면서

---

67 약초로 쓰는 식물.

그가 얼마나 조심스럽고 성실하게 가격을 따져 보는지를 생각해 보았다. 그러면서 농부가 집으로 돌아가서 아내한테 어떻게 물건을 싸게 잘 사 왔는지를 자랑스럽게 말하는 모습과 아이들이 혹시나 자기네 물건이 나오지 않나 해서 배낭에 든 물건을 둘러앉아 하나하나 들여다보는 모습을 상상해 보았다. 아마 아내는 남편이 맛있게 먹으려고 기다린 새참과 집에서 담근 신선한 과일주 한 잔을 가져오기 위해서 서둘러 일어날 것이다.

이렇게 행복하게, 다른 사람을 상관하지 않고 사는 사람이 어디에 있을까! 이것이야말로 온전히 자연 그대로, 비록 손에 잡기는 어렵지만 자연의 축복에 의지해서 사는 행복한 삶이다! 하지만 나의 예술은 나에게 다른 일상의 일을 요구한다. 그리고 나는 그것을 이 세상의 다른 어떤 것과도 결코 바꾸고 싶지 않다. 하지만 나는 왜 이렇게 천진하고 소박한 사람과는 정반대되는 삶을 살아야 하는 것일까! 재산이 조금 있고 아름다운 마을에 작은 집 한 채만 있으면 정말로 새로운 삶을 시작할 수 있을 것 같다! 아침 시간은 악보와 싸우지만 나머지 시간은 가족들과 쭉 보낼 것이다. 나무를 심고, 밭에 나가 보고, 가을에는 아이들과 함께 사과와 배를 따고, 가끔 시내에 나가 공연을 구경하고, 때때로 친구 한두 명이 나를 찾아오고, 아, 얼마나 행복할까! 그래, 혹시 앞으로 이런 생활이 가능할 수도 있어!

그는 가게 앞으로 가서 아가씨와 다정하게 이야기를 나누고, 가게의 물건들을 좀 더 자세히 구경했다. 대부분의 물건이 그가 좋아하는 시골의 향취를 지니고 있었는데, 특히 그의 마음을 사로잡은 것은 깔끔하고, 밝고, 매끄럽고, 다양한 목재의 냄새를 풍기는 물건이었다. 갑자기 그는 아내가 좋아하고 사용할 만한 것 몇 가지를 골라 보기로 했다. 특히 원예 도구에 시선이 갔다. 콘스탄체는 그의 성화에 못 이겨 얼마 전에 케른트너 성문 앞에다 작은 땅을 빌려서 채소를 심었다. 그래서 다른 무엇보다도 큰 갈퀴, 작은 갈퀴, 삽 같은 것들이 필요했다. 그런 다음에 그는 다른 물품들도 둘러보았는데, 아주 구미가 당기는 버터통[68]이 눈에 띄었지만, 잠시 뒤 경제적 관점에서 아깝게도 포기해야 했다. 반면 아름답게 조각된 손잡이가 달린 커다란 통은 무척 쓸모가 많을 것 같았다. 연하고 짙은 색을 지닌 두 종류의 목재 막대를 이어 붙여서 만든 것으로, 위보다 아래가 넓은 데다 안에는 멋진 칸막이까지 되어 있었다. 부엌 용품으로는 주걱, 밀방망이, 도마, 각종 크기의 그릇을 선택했는데, 벽에 거는 단순한 형태의 소금통이 특히 마음에 들었다.

마지막으로 그는 거칠게 만든 지팡이를 구경했는데, 가죽과 둥근 금속 단추로 손잡이가 장식되어 있었다. 판매원 아가씨는 괴짜 손님이 그 물건에 마음을 빼앗긴 것을 보자 미소를 지으면서 그 지팡이는 귀한 분들의 것이 아니라고 했다. "맞습니다, 아가씨." 그가 말했다. "보아하니 푸줏간 사람들이 여행할 때 가지고 다니는 것이군요. 치워 주세요, 그런 건 싫습니다. 하지만 여기서 고른 모든 것들을, 내일이나 모레 우리 집으로 가져다주십시오." 그러면서 그는 자신의 이름과 주소를 알려 주었다. 그러고 나서 남은 음료를 마시려고 탁자로 돌아왔는데, 거기에는 앞서 본 세 명의 손님 중에서 함석공 한

---

68 목재로 만든 커다란 용기로, 여기에 우유를 넣고 저어 가며 버터를 만들었다.

사람만이 남아 있었다.

"오늘은 아가씨의 운수가 좋네요." 함석공이 말했다. "가게에서 판 만큼의 수익을 삼촌이 몇 푼씩 떼어 주거든요."

그 말에 모차르트는 물건을 구입한 일이 몇 배나 기쁘게 느껴졌고, 동시에 아가씨에 대한 관심이 부쩍 커졌다. 그녀가 이쪽으로 다가오자 함석공은 그녀에게 큰 소리로 말했다. "요즘 어때, 크레스첸즈?[69] 열쇠공은 뭐하나? 이젠 철물을 갖춘 자기 가게를 마련해야지."

"아니에요!" 멀어져 가면서 그녀가 반박했다. "철물은 저 뒷산에 얼마든지 있잖아요."

"참 좋은 아가씨야." 함석공이 말했다. "오랫동안 계부의 살림을 돌보고 병구완을 했어요. 그런데 계부가 세상을 떠나고 보니 그녀의 재산을 다 없앤 거예요. 그래서 이곳에 사는 삼촌한테 와서 온갖 일을 다 돌봐 주고 있습니다. 살림뿐 아니라 아이들도 돌봅니다. 참한 총각을 사귀어서 결혼을 하려고 하는데, 한 가지 걸림돌이 있어요."

"뭔가요? 그쪽도 재산이 없나요?"

"두 사람은 돈을 모았지요. 하지만 충분하지가 않아요. 곧 집의 절반하고 가게가 공매에 넘어가요. 대금에서 부족한 액수를 삼촌이 체당해 주면 되는데, 아가씨가 자기 집을 나가는 것이 싫은 겁니다. 밧줄공한테는 협회나 조합에서 친한 친구들이 원체 많다 보니, 총각 입장에서는 사방에 어려움뿐입니다."

"빌어먹을!" 모차르트가 큰 소리를 냈기 때문에 함석공은 놀라서 혹시 남들이 듣지 않았는지 주위를 둘러보았다. "그런

---

69   크레스첸치아의 약칭.

데 이 일에 관해 법석으로 한마디도 해 줄 사람이 없단 말입니까! 삼촌한테 대들 사람이 없다는 말인가요! 악당 같으니! 한 번 혼을 내줘야 합니다!"

함석공은 안절부절못했다. 그는 자기가 한 말을 미숙한 방식으로 수습하려고, 아니 거의 취소하려고 했다. 하지만 모차르트는 말을 듣지 않았다. "그렇게 말하다니 부끄러운 줄 아시오. 그게 바로 일이 터지면 멍청이들이 항상 하는 짓이거든!" 그러면서 그는 인사말도 없이 종종걸음으로 주막으로 돌아갔다. 새로 온 손님 때문에 눈코 뜰 새 없이 바쁜 아가씨 옆으로 그가 지나가면서 말했다. "내일 일찍 올게요. 애인한테 안부 전해 줘요. 당신네들 일이 잘 해결됐으면 합니다." 깜짝 놀란 나머지 그녀는 고맙다는 말을 할 시간도, 마음의 여유도 없었다.

이 일로 피가 끓었기 때문에 그는 평소보다 훨씬 빠른 걸음으로 앞서 왔던 길을 똑같이 밟아 글라시스 초원까지 갔고, 그다음에는 조금 천천히 길을 돌아 크게 반원을 그리면서 성벽을 따라 걸었다. 그는 불행한 연인들의 사건에 푹 빠져서 이 일에 조금이라도 도움이 될 만한 일련의 친지나 후원자들을 생각해 보았다. 행동을 취하기 전에 일단 그 아가씨의 자세한 설명이 좀 더 필요했기에 일단 조용히 기다려 보기로 작정했다. 그리고 온 마음과 생각을 모아 집에 있을 아내에게로 걸음을 재촉했다.

집에 들어서면 친절하고 다정한 환영, 키스와 포옹을 받으리라 마음속으로 확신하면서, 케른트너 성문을 통과하는 그의 발걸음은 그리움으로 두 배나 빨라졌다. 그런데 얼마 못가서 우편집배원이 그를 불러 세우더니 작지만 꽤 무게가 나

69

가는 소포를 내미는 것이었다. 그는 소포에 쓰인 소박하고 정확한 필체를 금방 알아볼 수 있었다. 우편물 수령 확인을 위해 서명을 하려고 그는 집배원과 함께 근처 가게로 들어갔다. 다시 길로 나와 집에 도착할 때까지 그는 도저히 참을 수가 없어서 봉인을 뜯었다. 그는 반은 걸어가고 반은 우뚝 선 채로 편지를 읽기 시작했다.

"나는 바느질을 하고 있었어요." 여기서 마담 모차르트가 여자들에게 이야기를 다시 시작했다. "남편이 층계를 올라오더니 하인에게 저에 대해 묻는 소리가 들리더군요. 그의 발걸음이나 목소리는 내가 예상한 것, 내 마음에 드는 수준보다 더 활기차고 자신감에 넘쳤어요. 남편이 자기 방으로 가더니 곧 내 쪽으로 오더군요. '나 왔어!' 그가 말했지만 나는 쳐다보지 않고 작은 소리로 대답했어요. 그가 말없이 방을 몇 번 왔다 갔다 하더니 억지 하품을 하더군요. 문 뒤에 있는 파리채를 집어 들었는데, 그전까지 한 번도 해 보지 않은 일이었어요. 그러더니 '도대체 이 파리는 어디서 또 들어온 거야!'라고 중얼거리면서 있는 힘을 다해서 파리채를 이리저리 흔들었어요. 나로서는 그의 앞에서 그렇게 말하면 안 되는, 아무튼 용서가 안 되는 그런 험한 말투였습니다. 흥, 남자들은 어떻게 말을 해도 괜찮다는 거야, 뭐야! 사실 파리는 별로 없었어요. 남편의 별난 행동 탓에 나는 정말 짜증이 났습니다. '한 방에 여섯 마리!' 그가 소리쳤습니다. '당신 한번 볼 테야?' 나는 대꾸하지 않았습니다. 그러자 그가 반짇고리 위에 몇 마리를 올려놓아서 쳐다보지 않을 수 없었어요. 그건 거의 한 웅큼의 금 못지않은, 두 손가락으로 가득 집을 수 있는 만큼의 금화였습니다. 그는 계속 내 등 뒤에서 장난으로 여기저기로 파리채를 휘

두드리면서 혼잣말을 했어요. '못되고 쓸모없는, 형편없는 놈 같
으니! 뭣 때문에 이 세상에 나왔느냐! 탁! 맞아 죽기밖에 더
하겠느냐! 탁, 이제 보니 내가 파리를 잡는 재주가 좋네! 파리
가 얼마나 놀랍게 번식을 하는지 자연의 역사가 말해 주네!
탁, 탁. 우리 집 안에서는 씨를 말려야 해. 이런 빌어먹을! 꺼
져라! 벌써 스무 마리가 됐네. 당신 한번 볼래?' 그가 내 쪽으
로 오면서 좀 전처럼 또 그러는 거예요. 그때까지 억지로 참았
지만 나는 더 이상 참지 못하고 웃음을 터트렸어요. 우리는 킥
킥대다가 서로 내기라도 하듯이 웃어 댔어요.

'이 돈 어디서 난 거죠?' 내가 물었더니 남편은 두루마리
에서 나머지 돈을 쏟았어요. '에스테르하지 공작[70]한테서! 하
이든을 통해서 받았어. 편지를 읽어 봐.' 나는 편지를 읽었습
니다.

'아이젠슈타트 모년 모월. 경애하는 친구, 전하께서 감사
하게도 동봉한 육십 두카텐을 당신에게 보내도록 저에게 맡
기셨습니다. 최근에 우리는 당신의 사중주곡[71]을 다시 들을
기회가 있었는데, 전하께서는 석 달 전에 처음 들으셨을 때보
다도 더 흡족해하셨습니다. 그런 일은 흔치 않습니다. 전하께
서 나한테 이렇게 말씀하셨습니다. (말씀 그대로 옮깁니다.) 모
차르트가 이 작품을 당신한테 헌정한 것은 당신에 대한 존경
심이지만 나는 거기서 나에 대한 마음도 느낀 게 사실입니다.

---

70   Nikolaus I, Joseph Esterházy de Galantha(1714–1790): 명문 에스테르하지
        가문의 왕자로, 유명한 여름 별궁 에스테르하지를 건축했다. 하이든은 약 삼십
        년간 그의 궁정악장으로 일했다.

71   스물네 살 연상인 하이든에게 많은 영향을 받은 모차르트는 「하이든 사중주」
        전 6곡을 헌정한 바 있다.

당신 못지않게 짐 또한 그의 천재성을 영원토록, 그가 더 이상 바랄 수 없을 정도로 고마워한다고 전해 주시오. 아멘, 이건 내가 덧붙인 말입니다. 만족하지요?

추신. 부인에게 살그머니 알립니다. 감사의 답장이 너무 늦어지지 않도록 신경 써 주세요. 제일 좋은 것은 개인적인 편지입니다. 이런 좋은 기회를 놓치면 안 됩니다.'

'천사야! 천국에서 온 편지야.' 모차르트는 여러 번 환성을 질렀어요. 그가 제일 반가워한 것이 무엇인지, 편지인지 영주의 칭찬인지 돈인지는 알 수 없었어요. 솔직히 말해서 저는 맨 마지막 것, 돈이 제일 필요했죠. 우리는 아주 즐겁게 축하하며 저녁을 보냈습니다.

교외에서 일어난 사건에 관해 나는 그날 그리고 그다음 며칠 동안도 아무것도 몰랐어요. 일주일이 지났는데 크레스첸즈 소식은 없었어요. 잡다한 일 때문에 남편도 곧 그 일을 잊어버렸어요. 어느 토요일에 우리 집에서 모임을 가졌는데 베젤트 대령, 하르데크 백작과 다른 사람들이 함께 음악을 연주했죠. 그때 잠시 쉬는데 나더러 밖으로 나와 보라는 연락이 와서 나가 보니 짐이 한 보따리 있었어요. 다시 들어가서 남편한테 이걸 물었죠. '당신 알저 마을에서 여러 가지 물품을 주문했어요?' 그러자 '맙소사, 맞아. 아가씨가 왔나? 어서 들어오라고 해.' 아가씨가 아주 공손하게 한 손에 커다란 바구니를, 또 갈퀴와 삽을 들고 방으로 들어왔습니다. 아가씨는 너무 늦게 찾아온 것을 사과했는데 길 이름을 잊었다가 오늘에야 기억해 냈다고 하더군요. 모차르트는 아주 만족하며 물건을 하나씩 꺼내더니 나한테 넘겨주었어요. 나는 정말로 고마웠고 전부 다 마음에 들어서 계속 칭찬을 했지만, 당최 무엇 내문에 정원용 물품을 샀는지 이해할 수 없었어요. '물론 빈 교외의 밭 때문이지.' 그가 말했어요. '맙소사, 그거 오래전에 처분했잖아요. 침수 피해가 나는 데다가 수확도 별로 없어서요. 당신한테 그 말을 했을 때 반대하지 않았잖아요!', '뭐라고? 그럼 봄에 먹었던 아스파라거스는 뭐지?', '시장에서 사 온 거죠.', '저런, 난 그걸 몰랐네.' 그가 말했어요. '내가 아스파라거스가 맛있다고 했던 건 당신이 계속 밭일을 열심히 하고 있다고 생각했기 때문이야. 사실 그거, 맛이 정말 형편없었어.'

이 농담에 손님들은 굉장히 재미있어 했어요. 나는 불필요한 물품 몇 개를 그들에게 선물로 드렸죠. 그런데 모차르트가 아가씨에게 결혼 일에 관해 물으면서 어려워하지 말고 그녀와 약혼자를 위해 어떻게 해 주면 좋을지 솔직하게 말하라고 하더군요. 그러면 조용히, 신중하게, 아무도 불편하지 않게 도와줄 수 있다고 하자 그녀가 얼마나 겸손하고, 조심스럽고, 사려 깊게 대답했는지 몰라요. 결국 거기 있던 모든 사람들의 마음을 사로잡아, 최고의 지원을 약속받고 돌아갔지요.

'저런 사람들은 도와줘야 해.' 대령님이 말했어요. '조합의 농간은 별것 아니야. 그런 일을 해결할 수 있는 사람을 내가 알지. 문제는 집이나 살림을 마련하는 데 드는 돈이지. 우리가 친구들끼리 트라트너홀에서 자율로 입장료를 내는 음악회를 열면 어떨까?' 그 아이디어는 크게 환영받았습니다. 한 사람은 소금통을 집어 들고 이렇게 말했어요. '누군가가 인사말로 역사적인 훌륭한 연설을 해야 해. 모차르트가 물건을 구입한 걸 이야기하고 그의 인간적인 의도 또한 설명한 다음에 탁자 위에다 멋진 모금함을 올려놓고, 그 뒤에 이 갈퀴를 양쪽에다 마주 세웁시다.'

물론 이런 세부 계획은 이뤄지지 못했지만 음악회는 열렸습니다. 돈이 꽤 모였고 도움도 많이 받았어요. 그래서 그 행복한 커플은 필요한 것 이상으로 더 많은 걸 가지게 되었어요. 다른 어려움도 삽시간에 해결되었어요. 그런데 프라하에 가면 머물곤 하던 우리의 오랜 친구 두세크 집안에서, 어느 날 그 이야기를 들은 거예요. 인자하신 부인께서 호기심에 그 물품들 중 몇 개를 갖고 싶어 하셔서 제가 직접 그분에게 어울릴 만한 것을 골라, 이번 기회에 가져가고 있죠. 그런데 이번에 뜻하지 않게 새로운 음악 애호가 한 분을 만났어요. 그분 역시 결혼을 앞두고 살림을 장만하더군요. 아마 그분도 모차르트가 고른 이 평범한 살림살이를 결혼 선물로 싫어하지 않을 것 같아요. 내가 가진 물건을 둘로 나누었으니, 예쁜 초콜릿 거품기와 미술가가 멋지게 튤립을 그려 넣은 저 유명한 소금통 중에서 선택하세요. 나는 무조건 두 번째 것을 추천하고 싶어요. 소금은 귀한 물건으로, 가정의 행복과 후한 접대의 상징이잖아요. 결혼을 진심으로 축하합니다."

여기까지가 마담 모차르트의 이야기였다. 여성들 모두가 이 이야기에 얼마나 감사하고 즐거운 마음으로 귀를 기울였는지 충분히 상상할 수 있다. 곧 그 물품들을 들여왔고, 가부장적 가정의 소박한 견본은 남성들의 동석 아래 멋지게 진열되었다. 예비 신부의 삼촌은 그것을 미래의 소유주와 그녀 자손들의 장식장에, 암브라스 컬렉션[72]에서 피렌체의 마이스터[73]

<hr>

72 합스부르크 왕가 최고의 컬렉션으로, 암브라스 성은 페르디난트 2세가 아내를 위해 지었다.

73 피렌체 태생의 유명한 세공업자 벤베누토 첼리니(Benvenutto Cellini)를 의미한다.

가 남긴 명품이 차지한 자리 놓지않은 곳에다 보관할 섯을 약속했다.

거의 8시가 되었고 사람들은 차를 마셨다. 곧 우리들의 작곡가는 포장해서 깊숙이 넣어 둔, 하지만 다행히도 여행용 트렁크에 너무 깊이 넣어 두지 않은 '지옥 불'[74] 장면을 소개하겠다고 말했던, 점심때의 약속을 생각해 냈다. 그는 조금도 망설이지 않았다. 작품 줄거리에 관한 설명은 오래 걸리지 않았다. 대본은 펼쳐졌고 촛불은 피아노 위에서 환하게 불을 밝혔다.

우리는 독자들이 이런 묘한 기분을 한번 느껴 보기를 바란다. 창가를 지나갈 때 귓전에 들려오는 한 토막의 멜로디, 거기서 들려오는 것 같은데 마치 전류가 흐르듯이 우리를 꼼짝 못하게 하는 매혹적인 화음, 혹은 극장에서 오케스트라가 음을 조율하고 있을 때 우리가 커튼을 바라보면서 느끼는 그 설렘 같은 감정 말이다. 아니면 이런 것은 어떨까? 『맥베스』나 『오이디푸스』 같은 숭고한 비극 작품을 만나면 우리는 영원한 아름다움에 전율한다. 이런 것을 지금보다 더 강하게, 아니 지금만큼 경험할 수 있는 곳이 어디에 있단 말인가! 우리는 일상적인 자아로부터 벗어나기를 바라는 동시에, 그것을 두려워한다. 무한한 어떤 것이 다가와 나를 어루만지며 가슴을 조이게 하고, 또 그 무한한 것이 내 가슴을 확장시키고 영혼을 강력하게 낚아채는 것을 느낀다. 우리는 완성된 예술에 대한 경외감에 휩싸이고, 신적인 경이로움을 맛보고, 그것을

---

74 「돈 조반니」중에서 주인공이 유령(석상)에 의해 벌을 받고 지옥으로 떨어지는 장면이다.

가까이에서 느낄 수 있었다는 생각에 일종의 감격, 거의 자부심까지 갖게 된다. 이것이야말로 우리가 가질 수 있는 가장 행복하고 가장 순수한 자부심이 아닐까 한다.

우리들이 젊어서부터 잘 아는 이 작품[75]을, 그때 처음으로 접한 이들 일행은 우리의 상황과는 완전히 다른 입장이었다. 이 작품을 작곡자에게서 개인적으로 접하였다는 그 부러운 행복을 고려하지 않는다면, 그들은 우리만큼 행복하다고 할 수 없었다. 그들 중 어느 누구도 순수하고 완벽하게 이 작품을 이해를 할 수 없었다. 왜냐하면 그러기 위해선 작품의 일부분이 아니라, 전체가 연주되어야 제대로 알아볼 수 있었기 때문이었다.

완성된 열여덟 개의 장면 중에서 (이런 계산은 레시터티브로 불리는 엘비라의 아리아와 레포렐로의 「알겠습니다」가 원래의 오페라에 들어 있지 않았음을 고려한 것이다.) 작곡자는 그중에서 절반을 공개한 것이 아니고(이 글의 근거가 된 기록에 따르자면 맨 마지막 장면, 즉 육중창만이 상세하게 언급된다.), 대부분을 피아노로 자유롭게 연주하면서 분위기에 맞춰 노래했다고 한다. 아내는 아리아 두 곡을 불렀다고 기록되어 있다. 그녀의 목소리가 사랑스럽기는 하지만 매우 강렬했기 때문에 돈나 안나의 첫 아리아(「당신은 배반자를 알아요」) 혹은 체를리나의 아리아 중 한 곡이었을 것으로 보인다.

이해력, 소양, 취향을 감안하면 오이게니와 그녀의 약혼자는 마이스터가 바라던 대로 열심히 듣기만 했을 테고, 오이게니가 약혼자보다 더욱 그랬을 것이다. 두 사람은 방의 한 귀

---

75   이하는 오페라 「돈 조반니」의 피날레 부분에 관한 내용이다.

퉁이에 앉아 있었다. 오이게니는 마치 조각처럼 꼼짝도 하지 않고 음악에 흠뻑 빠져, 다른 사람들이 조심스럽게 자신의 관심을 표현하거나 자신도 모르는 사이에 내면의 감동을 감탄스러운 비명으로 드러내는 동안, 약혼자의 말에 그냥 간단히 응답할 수 있을 뿐이었다.

형언할 수 없이 아름다운 육중창 부분을 끝내고 천천히 대화가 오가자, 모차르트는 깊은 관심과 호감을 가지고 남작의 말에 귀를 기울였다. 그들은 오페라의 피날레 부분과 11월 초로 예정된 공연에 관해 이야기를 나누었다. 그때 누군가가 피날레의 이런저런 부분이 상당히 고된 작업이었을 거라고 말하자 마이스터는 조심스러운 미소를 보냈다. 그러자 콘스탄체가 백작부인에게 "저이는 숨기는 게 있어요. 나한테까지 비밀로 하는 뭔가가 있어요."라고 말을 했는데 남편에게 들릴 정도였다.

"여보, 오늘 당신 말이 좀 지나쳐." 그가 말했다. "내가 처음부터 이야기를 시작해 볼까! 사실은 나도 입이 근질근질하거든."

"레포렐로!" 백작이 신이 나서 큰 소리로 말하면서 하인에게 손짓을 했다. "와인 가져오게. 실러리 와인으로, 세 병 가져오게."

"아닙니다. 아직 남아 있는데요. 아직 잔에 남아 있는데요."

"건배! 모두에게 건배!"

"맙소사, 이게 웬일이지!" 콘스탄체가 시계를 쳐다보면서 걱정을 했다. "곧 11시네요. 내일 일찍 출발해야 하는데 어떡해요!"

"그럴 수 없어, 여보. 그건 불가능해."

"때로는 말이지," 모차르트가 입을 열었다. "일이 이상하게 되는 경우가 있어. 당신이 들어 보고 싶어 하는 바로 이 곡이 밤중에, 우리가 여행을 떠나기 전날, 바로 지금과 비슷한 시각에 탄생한 것을 알면 뭐라고 말을 할까!"

"그래요? 언제요? 삼 주 전, 당신이 아이제나흐로 가려던 그때 말인가요?"

"맞아. 일은 이렇게 된 거야. 내가 리히터의 저녁 식사 모임에서 10시가 지났을 무렵에 집으로 돌아와 보니, 당신은 곤히 잠들어 있었어. 나도 일찍 잠자리에 들려고 했지. 다음 날 일찍 일어나서 마차를 타야 했으니까. 그러는 동안 파이트가 평소처럼 책상 위에다 촛불을 밝혔어. 나는 기계적으로 잠옷을 입고 작업해 놓은 것을 다시 한 번 훑어보려고 했지. 저런, 맙소사! 여자들은 일을 왜 그렇게 이상하게 해 놓는지 몰라! 당신이 이미 가져가야 하는 악보를 정리해서 짐에다 싸 놓아 버린 거야. 영주는 그 작품의 리허설을 보겠다고 했지. 나는 짐을 뒤지고 중얼거리며 욕도 해 봤지만 결국 찾지 못했어. 그러자 봉해진 봉투로 눈길이 갔는데, 주소 뒤에 보기 흉한 갈고리 같은 게 그려진 봉투였어. 아바테[76]한테서 온 편지였어. 수정한 대본의 나머지 부분을 보내온 것으로, 원래는 한 달 안에는 펴 볼 생각이 없었어. 나는 당장에 대본을 집어다가 열심히 읽어 보았는데, 내가 원하는 바를 그 괴짜가 제대로 파악한 걸 보고 감격했어. 대본이 더 간단해지고, 더 강력해지고, 더 풍

---

76 Abbate da Ponte는 잘츠부르크 궁정의 사제(Abbate) 로렌초 다 폰테를 가리킨다.

성해졌더군. 묘지 장면과 피날레, 주인공의 파멸이 훨씬 좋아
졌어. (나는 생각했지. 잘난 시인 양반, 무어라고 해도 앞으로 당신 부
탁은 사절이야!) 아무리 마음에 들어도 약속보다 일찍 작곡을
완성하는 것은 내 평소 습관이 아니기 때문에, 그런 악습은 아
주 좋지 않은 결과를 불러올 때가 많았지. 하지만 예외는 있어
서, 예컨대 기사단장 석상의 등장, 살해당한 자의 무덤에서 들
리는 위협이 갑자기 머리를 쭈뼛하게 할 정도로 밤의 유령들
의 웃음을 중단시키는 장면 같은 것은 훨씬 예전부터 만들어
놓았어. 화음 하나를 치면 그 뒤에서 피날레로 이어지는 무시
무시한 전체 장면이 마치 벌어지는 문을 제대로 두드린 것 같
았지. 처음엔 아다지오로 시작하지, D단조로 네 소절만, 그러
다가 뒤이은 두 번째 음절은 다섯 소절. 강력한 취주 악기를
노래에 덧붙인다면 무대에서 굉장히 특별한 효과를 낼 것이
틀림없어. 내가 여기서 한번 해 볼 테니 여러분들 한번 들어
보세요."[77]

　　당장에 그는 피아노 위에 있던 촛대 두 개의 불을 껐다.
"너의 웃음은 새벽이 오기 전에 종말을 고하리."라는 그 무시
무시한 코러스가 죽음과도 같은 방의 적막 가운데 울려 퍼졌
다. 머나먼 별에서 들려오듯 은빛 나팔의 가락이 얼음처럼 차
갑게, 골수와 영혼 속에 사무치며 푸른 밤을 뚫고 내려앉았다.

　　"누구냐? 대답하라!" 돈 조반니가 묻는 소리가 들렸다. 그
러자 방금 전처럼 단조로운 소리가 다시 한 번 들렸다. 죽은
자들을 귀찮게 하지 말라고, 철면피한 젊은이에게 말했다.

---

[77]　기사단장의 석상(돈나 안나 아버지의 유령)이 돈 조반니를 처벌하는 장면이다.
쾌락만을 좇던 돈 조반니는 지옥으로 떨어진다.

요란한 소리가 마지막 진동까지 허공으로 울려 퍼졌다. 그리고 모차르트가 말을 계속했다. "이렇게 되면 나한테 중단이란 없습니다. 호숫가 어느 한 곳의 얼음만 깨져도 곧 호수 전체로 번져서 아주 먼 곳에까지 그 깨지는 소리가 들립니다. 나는 정신없이 돈 조반니의 저녁 성찬 부분까지 써 내려갔는데, 돈나 엘비라가 떠나가고 초대에 맞춰 유령이 등장하는 장면입니다. 한번 들어 보시지요."

길고 두려운 대화가 시작되었다. 아주 냉정한 사람조차도 인간이 상상할 수 있는 경계까지, 아니 그것을 넘어서서 초감각적인 것을 보고 들으며, 청중은 이리저리 정처 없이 내던져진 듯한 기분을 뼈저리게 느꼈다.

사람의 언어와는 전혀 다른, 죽은 자가 지닌 불멸의 기관이 다시 말을 시작했다. 무시무시한 첫 인사말 직후에, 이미 반은 불멸의 존재인 그가 지상의 음식을 거부한다. 그리고 목소리가 이상하리만치 무시무시하게 바뀌고 허공에 떠 있는 사다리의 디딤판 위에서 이리저리 떠돈다. 그는 어서 참회하라고 독촉한다. 유령에게 시간은 급박하고, 갈 길은 멀고도 멀다. 돈 조반니는 무서운 의지로 영원한 질서를 거부하며 끓어오르는 악마의 힘으로 맹공격을 퍼붓는다. 그렇게 반항하면서 몸부림치다가 결국에는 쓰러진다. 하지만 그의 몸짓에는 우월한 존재로서의 감정이 넘친다. 과연 이때 쾌락과 공포로 인해 심장과 신장이 떨리지 않을 사람이 어디 있을까! 그것은 마치 자연의 힘이 멋대로 날뛰는 엄청난 광경을 보거나 혹은 화려한 선박의 화재를 바라볼 때와 유사했다. 우리는 자신도 모르게 이 맹목적인 거대함에 동조하여, 자아 파멸의 고통스러운 과정을 겪으면서 거기에 동참한다.

작곡가가 마무리했다. 한동안 아무도 전체의 침묵을 먼저 깨려고 하지 않았다.

"말해 주세요." 아직도 마음을 졸이면서 백작부인이 마침내 입을 열었다. "부탁이니 말해 주세요. 그날 밤에 펜을 내려놓았을 때 어떤 생각이었나요?"

몽상에서 깨어난 듯 그녀를 쾌활하게 힐끗 바라보면서 모차르트는 반은 백작부인에게, 반은 아내를 향해 이렇게 말했다. "마지막에는 머리가 좀 어지럽더군. 그 절망적인 디바티멘토[78] 장면을, 창문을 열어 놓은 채로 유령들의 코러스까지 한 방에 몽땅 쓰고 잠깐 쉰 다음에 의자에서 일어났어. 당신 방으로 가서 잠시 얘기나 나누면서 열기를 식힐 작정이었지. 그런데 방 한가운데서 이상한 생각이 내 발걸음을 멈추게 했어." (그러면서 그는 바닥을 이 초 정도 내려다보았는데, 다음 말을 할 때 눈에 잘 띄지 않을 정도로 말이 막혔다.) "나는 혼자 생각했어. 만약 내가 오늘 죽어서 이 악보를, 이 시점에서 중단해야 한다면 무덤 속에서 마음이 편안할 수 있을까? 내 눈은 손에 들린 초의 심지와 산처럼 쌓인 촛농을 바라보았어. 그 생각을 하자 한순간 전율이 왔습니다. 나는 생각을 계속했어요. 만약에 그 뒤 언제가 될지 모르지만, 혹시 이탈리아 작곡가가 이 오페라를 완성해서 서곡부터 17번 장면까지 한 장면만 빼고 깔끔하게 정리되어 있는 것을 본다면, 즉 모든 건강한, 잘 익은 과일들이 무성한 풀밭에 떨어져 있어서 그냥 줍기만 하면 된다는 걸 알면 어떨까! 아마 그는 피날레의 한가운데서 몸서리칠 테고, 그러다가 그 순간 이미 커다란 장애물이 치워진 것을 보면

78   논쟁이라는 뜻.

서 슬그머니 미소를 지을 거야. 아마 내 명예를 훔쳐 가려 할지도 모르지. 하지만 그러다간 큰코다칠 거야. 내 도장을 알아보는 훌륭한 친구들이 많으니까 그게 내 작품이라고 보장해 줄 거야. ─ 그래서 나는 하늘을 우러르며 진심으로 신에게 감사하고, 두 손을 당신의 이마 위에 얹어 세상모르고 자느라 나를 한 번도 찾지 않게 해 준 당신의 수호신에게도 감사를 했지. 내가 잠자리에 들자 당신은 몇 시냐고 물었는데 나는 두세 시간 이른 시각을 말해서 당신을 속였어. 사실은 거의 4시가 다 된 시각이었거든. 이제 당신은 그날 6시에 왜 나를 깨우지 못해 마부를 돌려보내고, 그다음 날 다시 오도록 해야 했는지 이해할 수 있을 거야."

"그렇고말고요." 콘스탄체가 말했다. "이 똑똑한 분은 내가 아무것도 모르는 바보인 줄 아신다니까! 그래서 당신은 아무리 머리를 써도 나한테 비밀로 할 수 없어요."

"아니, 그건 아니지."

"난 알아요. 당신의 보물을 당분간 비밀로 하고 싶은 게 아닌가요?"

"다행입니다." 마음씨 좋은 백작이 큰 소리로 말했다. "빈에서 온 마부한테 내일 마음의 상처를 줄 필요가 없군요. 모차르트 선생님께서 일찍 못 일어나실 테니 말입니다. '한스, 말을 풀게.'라는 주문은 언제나 괴로운 말이거든."

좀 더 머물러 달라는 이 간접적인 청을 다른 사람들도 진심 어린 목소리로 거들었다. 그러나 여행자는 굉장히 설득력 있는 여러 가지 이유를 들어 곤란하다며 사양했다. 그래도 한 가지만은 타협했다. 너무 일찍 출발하지 않고 느긋하게 아침 식사를 한 다음에 떠나기로 말이다. 모두 일어서서 한동안 모인 채로 서로 이야기를 나누었다. 모차르트는 누군가를 찾았는데 오이게니인 것 같았다. 그녀가 금방 눈에 띄지 않자 그는 오이게니에게 어울리는 질문을, 그 곁에 서 있던 프란치스카에게 불쑥 던졌다. "전체적으로 봐서「돈 조반니」가 어떻습니까? 좋은 예상을 해 줄 수 있나요?"

"그럼요." 그녀가 웃으면서 대답했다. "오이게니 대신 제가 말씀드려 볼게요. 제 단순한 생각으로는 만약「돈 조반니」가 전 세계를 열광시키지 못한다면 우리 하느님께서는 영영 음악상자를 닫아 인류를 혼내실 거예요." 그러자 삼촌이 말을 거들었다. "그리고 인류에게 몹쓸 음악을 줘서 사람들의 마음을 무감각하게 하겠지. 급기야 바알[79]을 경배하도록 하실 겁니다."

"오, 맙소사." 모차르트가 웃었다. "이제 내가 죽고 육십 년, 칠십 년이 지나면 수많은 엉터리 예언들이 나오겠네!"

오이게니가 약혼자인 남작하고 막스와 함께 이쪽으로 오는 바람에 대화는 어느덧 새롭게 시작되어 진지하고 의미심장해졌다. 그래서 작곡가는 사람들이 헤어지기 전에, 다시 한 번 더 자신의 희망에 날개를 달아 주는 아름답고 훌륭한 말들을 들으면서 기뻐할 수 있었다.

그들은 자정이 한참 지나서야 흩어졌다. 하지만 그때까지 피곤하다고 느끼는 사람은 아무도 없었다.

다음 날(날씨는 전날 못지않게 좋았다.) 10시경, 빈에서 온 두 사람의 짐을 실은 멋진 여행용 마차가 성의 마당에 와 서 있었다. 마차 앞에 모차르트와 함께 서 있던 백작은 아직 출발하기

---

79   Baal. 고대인이 숭배한 번식과 본능의 신, 이교도의 신이자 사신(邪神)이다.

전이라 마차가 마음에 드는지 물었다.

"정말 좋군요. 아주 편해 보입니다."

"좋습니다. 그러시면 부탁이니 저에 대한 추억으로 이걸 받아 주십시오."

"네? 정말인가요?"

"말할 것도 없습니다."

"오, 하느님 맙소사! 콘스탄체, 여보!" 다른 사람들과 함께 아내가 내다보는 창문을 올려다보면서 그가 소리쳤다. "이 마차가 우리 것이래. 당신 이제부터는 우리 마차를 타고 다니면 돼."

모차르트는 미소를 보내는 백작을 포옹하고 나서, 새로 생긴 재산의 주위를 한 바퀴 돌며 이리저리 둘러보았다. 그러더니 문을 열고 안으로 몸을 던지며 밖에다 소리쳤다. "난 이제 글룩[80]만큼 높고, 부자야. 빈에서 보면 뭐라고들 할까!" 그러자 "제가 바라는 것은 프라하에서 돌아오실 때 꽃으로 뒤덮인 이 마차를 다시 한 번 더 보는 것입니다."라고 백작부인이 말했다.

이 즐거운 장면이 있고 나서 아름다운 마차는 떠나가는 부부를 태우고 움직이기 시작했다. 이내 속도를 내더니 국도 쪽으로 길을 재촉했다. 백작이 비팅가우까지 배웅하기로 했는데, 부부는 거기서부터 우편 역마를 이용하기로 했다.

선하고 훌륭한 사람들이 그들의 존재를 통해서 잠시 우리 집에 활기를 불어넣으면, 그들의 신선한 정신적 기운으로 우

---

80 Christoph Willibald Ritter von Gluck(1714–1787): 빈에서 활동하며 오페라를 비롯해 관현악, 실내악, 발레 음악 등 여러 작품을 남겼다.

리의 삶 역시 새로운 활력을 얻는다. 더불어 손님 접대의 행복을 충분히 누리도록 해 주지만, 그들이 떠나고 나면 언제나 답답한 우울증 같은 게 밀려온다. 우리가 자기 자신으로 돌아올 때까지 적어도 남은 시간, 또는 하루 종일 이것을 느끼는 게 보통이다.

하지만 성에 남은 식구들은 그런 기분을 전혀 느끼지 않았다. 프란치스카의 부모는 연로한 숙모와 함께 곧 돌아갔지만 프란치스카, 오이게니의 약혼자 그리고 막스는 그냥 남아 있었다. 다른 어떤 사람보다도 더 소중한 경험을 했기 때문에 오늘 중요한 인물이었던 오이게니는 부족한 것이나 잘못된 것, 마음에 들지 않는 걸 하나도 느끼지 않았다. 진심으로 사랑하는 남자에게서 느끼는 순수한 행복이 이제 형식상으로도 인정을 받았다. 그 행복감은 모든 다른 행복까지도 포용했다. 그것은 그녀의 마음을 움직이는 가장 고귀하고 가장 아름다운 것이었으며, 그녀의 행복감과 완전히 하나로 녹아들었다. 어제와 오늘의 일로 그녀는 지금뿐 아니라 앞으로도 즐겁게 살 수 있을 것 같은 기분이 들었다. 그런데 저녁에 모차르트의 생활에 관한 콘스탄체의 이야기를 들으면서 오이게니는 즐거움을 주는 아름다운 모습의 모차르트에게서 남몰래 약간의 두려움을 느꼈다. 그런 감정은 계속해서, 모차르트가 연주하는 내내 형언할 수 없는 모든 매력의 이면에서, 음악의 모든 비밀스러운 공포 속에서, 의식의 밑바닥에서 그녀를 떠날 줄 몰랐다. 모차르트가 가끔씩 스스로에 관해 말하는 것들 하나하나가 그녀를 놀라게 하고 전율하게 했다. 그녀는 확실히 느꼈다. 그가 넘쳐 나도록 쏟아 내는 것들을 세상이 버텨 낼 수 없기 때문에 그가 불꽃 속에서 빠르게, 끊임없이 파멸해 가고 있다는 것을, 그가 지상에서 단지 허깨비로밖에 존재할 수 없다는 것을 그녀는 확실히, 너무도 확실히 느꼈다.

그날 잠자리에 누웠을 때 이런 것, 그 외에도 많은 생각이 그녀의 가슴속을 오갔다. 그리고 「돈 조반니」의 여운이 마음속에 계속 울려 퍼졌다. 그녀는 새벽이 되어서야 간신히 잠들었다.

세 여성이 이제 각자 일거리를 손에 들고 정원에 앉아 있었다. 남자들도 모여 있었는데, 대화는 모두 모차르트에 관한 것뿐이었다. 오이게니는 자신의 두려움을 숨기지 않았다. 남작은 그녀가 무슨 생각을 하는지 잘 이해했지만, 오이게니의 생각에 동조하는 사람은 아무도 없었다. 행복한 시간, 인간적으로 순수하고 감사하는 분위기를 지키기 위해 사람들은 자신과 직접 연관된 어떤 불행한 생각이라면 온 힘을 다해서 몰아내는 법이다. 백작이 주로 이야깃거리와 웃음거리가 많은, 그와 반대되는 이야기를 시작하자 오이게니는 거기에 기꺼이 귀를 기울였다. 그렇지 않아, 내가 너무 어둡게만 본 것 같아, 라고 그녀는 생각했다.

잠시 후 그녀는 방금 전에 청소와 정리가 끝난 2층의 큰 홀을 지나갔다. 그녀는 녹색 다마스크 천으로 만든 커튼이 쳐진 창문으로 부드러운 햇살이 들어오는 것을 보고, 쓸쓸하게 피아노 앞으로 가서 섰다. 불과 몇 시간 전에 이 피아노 앞에 누가 앉아 있었나를 생각해 보면 마치 꿈만 같았다. 그녀는 오랫동안 생각에 잠겨 그가 마지막으로 손을 댄 건반을 바라보았다. 그러고는 당분간 다른 사람이 다시 열지 못하도록 조용히 뚜껑을 닫고, 부러워하면서 조심스럽게 자물쇠를 잠갔다. 그녀는 방을 나가면서 노래책 몇 권을 제자리에 갖다 놓았는데, 그때 낡은 종이 한 장이 떨어졌다. 보헤미아의 민요를 베껴 둔 것이었는데, 예전에 프란치스카와 그녀가 종종 부르던 노래였다. 밟지 않도록 조심하면서 그녀는 얼른 종이를 집어 들었다. 자신의 기분과 똑같은, 이 자연스러운 우연이 무엇인가를 예언하는 것 같았다. 그것을 들여다보며 소박한 노랫말을 다시 읽어 보니 노래 가사로 뜨거운 눈물이 흘러 떨어졌다.[81]

전나무가 푸르러진다,
숲 속 어딘가에서.
장미 숲이 자란다,
정원 어딘가에서.
마음이여, 기억하라,
그건 골라 놓은 것이다.
너의 무덤가에 심어서
키울 것이란다.

검은 말 두 마리
풀밭에서 풀을 뜯는다.
시내의 집으로 돌아오네,
즐겁게 뛰면서.
말들은 네 시신을 싣고

---

81   이 시는 1852년에 뫼리케가 《프라우엔차이퉁(Frauenzeitung)》에 발표한 「묘지의 상념(Grabgedanken)」이라는 시로, 후에 「생각하라, 오 영혼이여(Denkes, O Seele)」라는 제목으로 시집에 실렸다. 후고 볼프(Hugo Wolf, 1860–1903)의 『뫼리케 가곡집』에 실린 대표적인 가곡 중 하나다.

뚜벅뚜벅 걷게 될 거야.
지금 저렇게 번쩍이는
말발굽의 쇠가
아마 다 닳기도 전에.

아름다운 라우 이야기

블라우토프[82]는 신기한 샘을 통해 만들어진 크고 둥근 호수로, 수도원 바로 뒤 가파른 암벽 근처에 위치한다. 물은 동쪽으로 흘러가 블라우 강이 되어 도나우 강에 합류한다. 이 호수는 안쪽이 기다란 깔때기 모양인데, 물의 빛깔이 어찌나 파랗고 아름다운지 말로 다 표현할 수 없을 정도다. 하지만 막상 물을 퍼 보면, 그릇에 담긴 물은 그냥 보통의 맑은 물일 뿐이다.

옛날, 이 호수 바닥엔 물결치는 머릿결을 가진 물의 여인이 살고 있었다. 몸은 아름답고 평범한 여자이지만, 손가락과 발가락 사이에 물갈퀴가 있다는 점만이 유별났다. 꽃같이 희고 양귀비 잎보다 더 부드러운 물갈퀴였다. 그 마을에는 현재까지도 낡은 건물이 하나 남아 있는데, 과거엔 수녀원, 그 뒤에는 커다란 여인숙으로 사용되었다. 그런 연유 때문에 그곳

---

82   울름의 서쪽에 위치한 블라우보일렌에 위치한 호수인데, 석회가 많이 들어 있어서 유난히 파랗다. 그 때문에 블라우토프(파란 사발)라고 불린다.

의 이름은 논넨호프[83]였다. 육십 년 전만 해도 거기에는 물의
여인의 그림이 걸려 있었다. 그을리고 낡았지만 색깔 때문에
여전히 알아볼 수 있었다. 여인은 두 손을 가슴에 포개고 있었
는데, 얼굴은 희고 새카만 머리카락을 지녔으며 커다란 눈동
자는 푸른색이었다. 사람들은 그녀를 호수의 못된 라우, 혹은
아름다운 라우라고 불렀다. 사람들한테 때로는 못되게, 때로
는 착하게 굴었기 때문이다. 라우의 마음이 상해서 호수가 범
람하면 마을과 수도원이 위험에 빠졌기에, 사람들은 그녀를
달래기 위해 줄지어 귀한 선물을 가져왔다. 가령 금 그릇, 은
그릇, 술잔, 대접, 작은 칼[84] 등이었다. 하지만 신부들이 이런
행위를 이교(異敎) 관습과 우상 숭배라고 격렬하게 반대했기
때문에, 결국 라우에게 선물을 바치는 일은 완전히 사라지고
말았다. 그래서 물의 여인은 수도원을 미워했지만 에메란 신
부가 오르간을 치거나 주변에 아무도 없으면 그녀는 종종 대
낮에 물 위로 올라와 몸을 반쯤 드러내고 음악 소리를 듣곤 했
다. 그럴 때면 그녀는 커다란 꽃잎으로 만든 화환을 머리에 쓰
고, 목에도 꽃목걸이를 둘렀다.

  언젠가 어느 버릇없는 목동이 수풀 속에서 그녀를 몰래
엿보다가 소리쳤다. "야, 청개구리야! 날씨가 좋지 않니?" 그
소리에 그녀는 번개보다 더 빠르고, 수달보다 더 표독스럽게
물 위로 올라와 소년의 머리채를 휘어잡았다. 그러고는 소년
을 물속의 어느 방으로 끌고 갔다. 그녀는 정신을 잃은 소년을
거기서 고통스럽게 죽일 작정이었다. 그러나 소년은 곧 정신

---

83   수녀들의 집이라는 뜻.
84   과거에는 우정의 표시로 칼을 주고받는 풍습이 있었다.

을 차리고 출구를 찾아냈다. 그는 층계와 복도를 지나고 많은 방들을 지나, 어느 아름다운 홀에 이르렀다. 그곳은 아늑했고, 한겨울인데도 따스했다. 라우와 시종들이 잠든 홀 한구석에는 금빛 받침대가 달린 높은 촛대가 보였는데, 그 현등(舷燈)이 밤을 밝히고 있었다. 값진 가구들이 벽 쪽에 빙 둘러 있었고, 벽과 바닥은 전부 융단과 여러 색깔의 태피스트리로 장식되어 있었다. 소년은 재빨리 촛대에서 초를 꺼내 들고 가져갈 만한 것이 없는지 서둘러 둘러보았다. 그는 장롱에서 무언가를 꺼냈는데, 주머니에 넣었을 때 굉장히 무거웠기 때문에 그것을 금이라고 생각했다. 소년은 그곳을 빠져나와 달렸다. 두께가 족히 주먹 두 개 정도 되는 청동 문 앞에 도착하자 그는 빗장을 밀어젖히고 돌계단을 올라갔다. 복잡한 층계참을 지나 왼쪽으로, 다시 오른쪽으로 가다가 사백 계단쯤 올라가니 어수선한 출구가 나타났다. 초는 버려야 했다. 한 시간 동안이나 그는 생명의 위험을 무릅쓰고 어둠 속에서 이리저리 기어 다녔다. 그러다가 갑작스레 그의 머리가 땅 밖으로 쑥 나온 것이다. 한밤중이었고, 주위는 빽빽한 숲이었다. 소년은 한참을 헤맨 끝에 날이 밝을 무렵에야 비로소 사람들이 다니는 길을 찾아냈고, 바위 위에 올라서서 마을을 내려다볼 수 있었다. 그제야 소년은 주머니에 든 것이 무엇인지 보고 싶어졌다. 그런데 그것은 납덩어리였다. 이 원추형의 무거운 납은 한 뼘 정도의 길이에 위쪽 끝에는 바늘귀가 달려 있었는데, 세월 탓인지 하얗게 바래 있었다. 그는 화가 난 나머지, 그 허섭스레기를 계곡 아래로 내던졌다. 소년은 자신의 도둑질이 스스로 부끄러웠기 때문에 그 후로 아무에게도 그때의 일을 말하지 않았다. 하지만 물의 여인이 사는 곳에 관한 최초의 소문은 그의 입을 통해 사람들 사이에 번졌다.

　우리는 아름다운 라우의 고향이 이곳이 아니라는 사실을 알아야 한다. 라우는 어느 왕의 딸로 외가는 반인반어(半人半漁)의 혈통을 가지고 있었고, 흑해 근처 도나우 강의 어느 늙은 정령과 결혼했다. 그런데 계속 아이를 사산을 했기 때문에 남편은 그녀를 쫓아냈다. 라우가 그런 상황에 처한 것은 그녀가 특별한 이유도 없이 항상 슬퍼했기 때문이었다. 시어머니는 라우가 진심으로 다섯 번 웃기 전에는 살아 있는 아이를 낳을 수 없으리라고 예언했다. 다섯 번째 웃을 때는 라우도, 늙은 왕도 짐작하지 못한 어떤 일이 일어나리라는 얘기였다. 그래서 주변 사람들이 열심히 노력을 해 보았지만 그 일은 성공하지 못했다. 결국 늙은 왕은 더 이상 자신의 궁에 라우를 두고 싶어 하지 않았다. 그래서 그녀를 누이가 사는 도나우 강 상류에서 멀지 않은 이곳으로 보냈다. 시어머니는 심부름도 해 주고, 라우가 심심해하지 않도록 곁을 지켜 줄 몇 명의 시녀와 시종을 딸려 보냈다. 그래서 오리발로 걷는 명랑하고 똑똑한 소녀들이 라우를 따라갔다. (물의 여인 중에서 평민 출신은 오리발이었다.) 그들은 심심했기에 하루에 여섯 번씩 라우의 옷을 갈아입혔다. 왜냐하면 라우의 발은 비록 맨발이었지만 물 밖에선 언제나 화려하게 옷을 차려입었기 때문이다. 그들은 라우에게 옛날이야기와 동화를 들려주고, 음악을 연주하고, 춤을 추고, 장난을 했다. 앞서 언급한 목동이 들어갔던 방은 왕비의 방이자 침실이었는데, 거기서부터 우물로 이어지는 계단이 나 있었다. 서늘한 방이었기에, 라우는 낮 시간과 여름 밤에 그곳에 자주 누워 있었다. 라우는 새, 토끼, 원숭이 같은 재미있는 동물들을 길렀고, 무엇보다도 익살스러운 난쟁이를 두고 있었다. 예전에 왕비의 삼촌 중 한 사람이 그녀처럼 슬픔에 빠져 있었을 때 도움을 준 원숭이였다. 한편 라우는 저녁마다 난쟁이와 말판 게임, 체스, 늑대와 양 놀이 같은 것을 했다. 난쟁이는 실수를 저지를 때마다 아주 이상한 표정을 지었는데 단 한 번도 같은 얼굴을 하지 않았다. 매번 점점 더 화가 난 표정을 지었다. 지혜의 왕 솔로몬이라 해도 웃음을 참을 수 없었을 터다. 만약 그 자리에 있었다면, 하녀들은 물론 친애하는 독자 여러분도 마찬가지였을 것이다. 단지 아름다운 라우만은 무신경했다. 그녀는 입 한 번 움찔하지 않았다.

초겨울마다 고향에서 사신들이 찾아왔다. 그들이 홀의 문을 망치로 두드리면 하녀들이 물었다.

"가슴이 철렁하도록 문을 두드리는 사람은 누구신가요?"

그러면 그들이 말했다.

"왕께서 보낸 사람입니다!
그동안 좋은 일이 있었는지
우리에게 상세히 고하시오."

그러면 하녀들이 대답했다.

"작년에 우리는 노래를 불렀어요.
작년에 우리는 춤을 추었어요.
하지만 좋은 일은 별로 없어요.
사신님들, 내년에 다시 오세요."

그들은 그 말을 듣고 집으로 돌아갔다. 왕비는 사신들이 오기 전이든 후에든 변함없이 계속 슬플 뿐이었다.

논넨호프 여인숙에는 뚱뚱한 여주인이 있었는데, 이름은 베타 자이졸핀으로 명랑한 부인이었다. 신앙심 깊고 사교적이며 선량한 여자였다. 특히나 여행하는 젊은이들에겐 유달리 친절한 아주머니였다. 가게는 대개 장남 슈테판이 맡아서 관리했다. 슈테판은 이미 결혼을 한 몸이었다. 다른 아들 자버는 수도원의 요리사였고, 두 딸은 아직 어머니와 함께 살았다. 부인은 호수 바로 옆에 작은 텃밭을 가지고 있었다. 어느 이른 봄날, 부인은 텃밭에서 이랑을 고르고 있었다. 양배추와 양상추 씨를 뿌리고, 콩과 양파를 심으려는 것이었다. 그녀는 울타리 너머의 아름다운 푸른 호수를 기분 좋게 바라보았다. 그런데 그 곁에 오랫동안 쌓여 있던 역겨운 쓰레기 더미를 보니 기분이 이내 불쾌해졌다. 쓰레기 더미가 풍경 전체를 망치고 있었다. 밭일을 마친 그녀는 텃밭의 문을 잠근 뒤에 다시 괭이를 들고 억세게 자란 잡초들을 부지런한 손놀림으로 뽑아냈다. 그러고는 종자가 담긴 바구니에서 호박씨 몇 개를 꺼내 여기저기에 심었다. (그때 마침 이 깔끔한 아주머니를 좋아하는 수도원장이 창가에서 내려다보면서 그녀에게 인사를 보냈다. 마치 적을 위협하듯 손가락을 거세게 흔드는 인사였다. 아주머니의 나이는 마흔 살이 채 안 되었는데, 그녀에게 수도원장은 그저 '뚱뚱한 남자'로밖에 생각되지 않았다.) 황폐한 그곳이 여름 내내 푸를 것이니 기쁜 일이었고, 나중에 가을이 되면 크고 노란 호박들이 비탈에 매달려 호수에까지 이어질 터였다.

한번은 아주머니의 딸 유타가 지하실로 내려간 적이 있었다. 거기에는 예전부터 우물이 하나 있었다. 가장자리는 돌로 만들어져 있고, 뚜껑이 없는 우물이었다. 유타는 그 안에 아름다운 라우가 빛을 받으며 앉아 있는 모습을 보고 깜짝 놀랐다. 그녀는 가슴을 드러낸 채 물에 떠 있었다. 유타는 겁에 질린 채 어머니에게 달려가서 이 사실을 전했다. 어머니는 두려워하지 않았고, 심지어 혼자서 지하로 내려갔다. 아들은 어머니를 보호하겠다며 따라 내려가겠다고 했지만 부인은 만류했다. 왜냐하면 여인이 벌거벗고 있기 때문이었다.

놀란 손님이 이렇게 인사말을 했다.

"나는 물의 여인이랍니다.
기고 헤엄쳐서 여기로 왔어요,
거칠고 구부러진 암석 통로를 지나
논넨호프 아주머니에게 왔습니다.
아주머니는 저를 위해 허리 숙여
호수를 아름답게 만들어 주셨어요.
열매하고 덩굴로 장식해 주셨으니
제가 마땅히 감사드려야 합니다."

라우는 호수처럼 파란 돌로 만든 팽이를 손에 들고 있었다. 그것을 아주머니에게 건네면서 라우가 말했다. "아주머니, 이 장난감을 선물로 받으세요! 유용하게 쓸 데가 있을 겁니다. 아주머니께서 정원에 계실 때, 언젠가 이웃 여인에게 '성당 봉헌 축일'을 걱정하시는 소리를 제가 들은 적이 있어요. 그날이면 마을 사람들하고 농부들이 싸움을 하면서 살인까지 저지른다고 하셨지요. 그러니 아주머니, 만약 또다시 술

취한 손님들이 춤을 추다가 다투기 시작하면 이 팽이를 손에 들고 문 앞에서 돌리세요. 집 전체로 아주 강하고 아름다운 소리가 퍼질 것이고, 그러면 모두가 당장에 주먹을 내려 놓고 얌전해질 거예요. 사람들이 돌연 술에서 깨어나면서 정 신을 되찾게 될 테니까요. 다 끝나면 팽이 위로 앞치마를 던 지세요. 그러면 팽이가 저절로 다시 감기면서 조용히 멈출 겁 니다."

물의 여인은 이렇게 말했다. 베타 부인은 금빛 팽이채와 흑단 받침까지 기쁘게 선물받았다. 그리고 딸 유타를 불러서 (유타는 계단 옆에 놓인 배추 항아리 뒤에 서 있었다.) 선물을 보여 주었다. 베타 부인은 물의 여인에게 고맙다고 말하고, 심심하 면 언제든지 물 위로 올라오라며 친절하게 그녀를 초대했다. 그러자 물의 여인은 그곳을 떠나 사라졌다.

오래 지나지 않아 블라우토프 호수 옆의 여인숙에 과연 어떤 보물이 있는지 알려졌다. 보물은 그 자체의 위력과 높은 덕으로 언제든 나쁜 행동이 일어나면 금방 진정시켰을 뿐 아 니라, 그것으로 말미암아 여인숙으로 많은 손님들을 불러 모 았다. 이 근방에 온 사람이라면, 평민이든 귀족이든 그것을 구 경하러 왔다. 곧 헬펜슈타인 백작과 비르템베르크 백작이 찾 아왔고, 몇몇 고위 성직자도 방문했다. 롬바르디아 출신의 어 느 유명한 대공은 바이에른 대공을 만나고 프랑스로 향하는 길에 여기 들러서, 여주인이 허락만 한다면 큰돈을 지불하더 라도 이 물건을 꼭 사고 싶다고 했다. 다른 어떤 나라에서도 결코 그와 비슷한 물건을 볼 수도, 이야기를 들을 수조차 없었 기 때문이었다. 팽이가 돌아가기 시작하면 처음엔 조용한 소 리를 내지만, 그 높기도 하고 깊기도 한 소리는 차츰 강해졌다. 그리고 다양한 피리 소리가 지붕까지, 지하실까지, 층 전체로 점점 웅장하게 솟아오르며 고조되었다. 모든 벽과 마룻바닥, 기둥과 난간 곳곳으로 소리가 울려 퍼져 메아리쳤다. 그 위로 앞치마를 던져 팽이가 힘을 잃더라도, 음악 소리는 곧바로 끊기지 않았다. 이미 퍼져 나간 강력한 울림과 웅웅 소리, 윙윙대는 소리는 십오 분 정도 이리저리 울렸다.

우리 슈바벤 지방에서는 나무로 만든 이런 팽이를 가리켜 보통 하버가이스[85]라고 부른다. 베타 부인의 팽이는 일단 그것의 용도에 따라 바우-렌슈바이거, 즉 '농부를 진정시키는 팽이'라고 불렸다. 커다란 자수정으로 만들어졌는데, 그것은 금주(禁酒)를 의미했다. 자수정이 술의 탁한 향기를 머리에서 빠르게 몰아내, 애초에 술에 손대는 일 자체를 막았기 때문이었다. 그래서 세속의 고관, 종교계의 높은 분들은 자수정을 종종 손가락에 끼곤 했다.

물의 여인은 매달 찾아왔고, 곧 갑작스레 들르는 일도 생겼다. 그래서 아주머니는 집에다 방울을 달고 끈도 연결했다. 끈이 벽을 타고 우물까지 이어져, 물의 여인이 오는 것을 즉시 알아챌 수 있도록 한 것이었다. 물의 여인은 여인숙 아주머니와 두 딸 그리고 며느리, 즉 이 성실한 여인들에게 점점 더 큰 신뢰를 품었다.

어느 여름날의 오후였다. 손님이 없었기에, 아들은 하인과 하녀 들을 데리고 건초 작업을 하러 나갔다. 베타 부인은 큰딸과 함께 지하실에서 포도주를 따르고 있었는데, 라우는

---

85 빙빙 도는 팽이의 모습에서 나온 별칭이다. 옛날부터 일종의 '사랑의 마술'로, 여자들이 주문을 외면서 쇠로 만든 팽이를 돌리는 풍습이 있었다고 전해진다.

심심풀이로 우물 속에서 그들이 일하는 모습을 바라보았다. 라우와 잠깐 수다를 나누다가 아주머니가 먼저 말을 꺼냈다. "우리 집하고 마당 한번 구경할래요? 유타가 당신에게 옷을 좀 줄 수 있을 거예요. 두 사람의 체형이 비슷하거든요."

"네."라고 라우가 대답했다. "저도 오랫동안 사람들의 집을 구경해 보고 싶었답니다. 그 안에서 어떤 일을 하며 어떻게 실을 자아서 직물을 짜는지, 당신의 딸들이 어떻게 결혼을 하고 어떻게 아이들의 요람을 흔드는지, 그런 것들을 보고 싶었어요."

그러자 신이 난 딸은 서둘러 집으로 올라가 옷감 한 장을 가져오더니 라우에게 주었다. 딸은 입가에 웃음을 머금은 라우가 무척 조심스럽게 우물에서 나오는 일을 도와주었다. 소녀는 재빨리 라우의 몸을 천으로 감쌌으며, 그녀의 손을 잡고 지하실의 맨 뒤쪽에 있는 좁은 계단으로 데리고 올라갔다. 바닥에 있는 문을 들어 올리면 곧바로 딸들의 방으로 통하게 만들어져 있었다. 라우는 방에 도착하자 몸을 닦고 의자에 앉았다. 곧 유타가 라우의 발을 닦아 주려고 비볐다. 발바닥을 닦아 주던 그때, 라우가 뒤로 물러나면서 키득거렸다. "이런 게 웃는 거 아닌가?" 라우가 혼잣말로 물었다. "바로 그거예요." 딸은 큰 소리로 대꾸하며 환호했다. "이날을 축복하소서! 처음으로 성공했어요!" 아주머니는 부엌에서 웃음소리와 환호성을 들었고, 무슨 일인지 궁금해서 방으로 찾아왔다. 이어 그 이유를 들을 때 그녀는 '저런! 그걸 웃음이라고 하긴 어렵지.'라고 생각했다. 하지만 굳이 그런 내색을 하지는 않았다. 유타는 손님에게 가장 좋은 옷을 입히고자 옷장에서 몇 벌의 옷을 꺼냈다. "저런, 내 딸이 당신을 수잔 프라이스네스

텔[86]로 만들려나 봐요." 어머니가 말했다. 그러자 라우가 신이 나서 외쳤다. "아뇨, 저를 동화에 나오는 아셴구르텔[87]로 만들어 주세요!" 그러더니 라우는 남루한 둥근 주름치마와 상의를 집어 들었다. 신발도, 양말도 신지 않았으며 머리는 풀어헤쳐 발목까지 늘어뜨렸다. 라우는 그런 모습으로 아래층에서 맨 꼭대기까지 집 곳곳을, 부엌과 방들을 지나다녔다. 그녀는 별 볼 일 없는 그릇과 그 사용법에 감탄했고, 깨끗하게 닦인 탁자와 그 위에 일렬로 놓인 주석 주전자 그리고 모두 하나같이 뚜껑이 달린 컵, 구리로 만든 설거지통과 솥을 유심히 살펴보았다. 방 한가운데의 식탁 위에 놓인 직조공 조합의 장식품도 눈여겨보았다. 그것은 명주 리본과 은실로 장식되어, 작은 유리 상자 안에 들어 있었다. 라우는 흘긋 거울에 비친 자신의 모습을 보았다. 그러자 그녀는 당황해하면서 한동안 멍하니 서 있었다. 며느리는 그녀를 자기 방으로 데려가서 삼 그로셴에 구입한 새 거울을 선물했다. 그러자 라우는 신기한 물건을 가지게 되었다며 좋아했다. 왜냐하면 그녀의 온갖 보물 중에 그런 물건은 없었기 때문이었다.

작별을 나누기 전에 그녀는 반침(半寢)[88]의 커튼 뒤를 보았다. 그곳은 젊은 아내와 남편의 침대이자 아이들의 잠자리였다. 거기에는 잠에서 막 깨어난, 발그레한 뺨을 지닌 어린 손자가 속옷 바람으로, 한 손에는 사과를 들고 울름의 옹기장이가 만든 둥그런 의자 위에 앉아 있었다. 유리로 제작한 녹색

---

86 깔끔하게 차려입은 아가씨라는 의미.

87 재투성이 아가씨라는 의미로, 우리에게는 '신데렐라'라는 이름으로 잘 알려져 있다.

88 큰방에 딸린 작은 공간으로 여러 가지 물건을 넣어 두는 데에 사용한다.

의자였다. 그것이 손님의 마음을 엄청나게 사로잡은 것 같았다. 그녀는 그것을 귀여운 의자라고 불렀는데, 갑자기 고약한 냄새가 나서 코를 찡그릴 수밖에 없었다. 세 여인이 몸을 돌리며 웃었기 때문에, 라우도 어떤 낌새를 알아차리고 함께 큰 소리로 웃기 시작했다. 정직한 아주머니가 배를 잡고 웃으면서 말했다. "이번에는 진짜로 웃었네요. 하느님께서 당신에게도 여기 있는 우리 한스처럼 예쁜 아기를 선사하실 겁니다!"

그날 밤, 아름다운 라우는 편안하고 기분 좋게 호수의 바닥으로 내려가 누웠는데, 수년 동안 없던 일이었다. 그리고 곧장 잠들어 버렸다. 이상한 꿈을 꾸었다.

그녀가 생각하기에 정오가 지난 시간 같았다. 더운 날씨에 사람들은 들에 있거나 풀을 베었고, 수도사들은 시원한 방에서 휴식을 취했다. 그래서 수도원 전체와 그 주변이 아주 고요해진 그런 시간이었다. 얼마 지나지 않아 수도원장이 바깥으로 산책을 나왔고, 혹시 아주머니가 텃밭에 있지 않은지 살펴보았다. 그런데 여주인은 뚱뚱한 물의 여인이 되어 긴 머리카락을 늘어뜨리고 호수 속에 앉아 있었다. 수도원장은 그녀를 발견하고는 인사하면서 키스를 했다. 한데 그 입맞춤이 너무 강렬해서 그때 난 소리가 수도원 종탑에까지 메아리쳤다. 종탑은 이 소리를 식당으로 전했고, 식당은 교회당에, 교회당은 마구간에, 마구간은 생선 가게에, 생선 가게는 세탁소로 알렸다. 그러자 세탁소의 양동이와 물통 들이 소리를 질렀다. 수도원장은 이 소리에 너무 놀란 나머지 아주머니 쪽으로 몸을 구부렸고, 그때 모자를 블라우토프 호수로 떨어트리고 말았다. 아주머니는 재빨리 수도원장에게 모자를 건네주었고, 수도원장은 뒤뚱거리며 황급히 그곳을 떠났다.

이때 하느님께서 무슨 일이 일어났는지 살피려고 수도원에서 나오셨다. 기다란 흰 수염을 기르시고, 붉은 치마를 입으신 하느님은 바로 수도원장에게 물으셨다.

"수도원장, 어쩌다 모자가 그렇게 젖었는가?"

그러자 수도원장이 대답했다.

"제가 숲에서 멧돼지를 만났답니다.
깜짝 놀라서 그만 줄행랑쳤지요.
정신없이 달리다가 땀에 젖었습니다.
그래서 모자가 이렇게 젖었습니다."

이 거짓말에 화가 난 우리의 하느님은 손가락을 쳐들어 원장에게 손짓을 하시고는 다시 수도원으로 걸어가셨다. 수도원장이 다시 한 번 뒤돌아 아주머니를 쳐다보자, 이때 아주머니가 외쳤다. "아이고 저런, 아이고 저런, 착한 우리 원장님 잡혀가시네!"

여기까지가 아름다운 라우가 꾼 꿈이다. 그녀는 꿈에서 깨어날 때, 자신이 자는 동안 아주 크게 웃었다는 사실을 알았고, 그것을 심장으로도 느꼈다. 가슴이 아직도 쿵쾅거렸기 때문에 블라우토프 수면에 파문이 일어날 정도였다.

앞서 낮 동안 매우 무더웠기 때문에, 이제 밤이 이슥해지자 번개가 번쩍거렸다. 번갯불이 블라우토프 전체를 밝게 비추었다. 멀리서 천둥이 울리는 것을, 라우는 호수 바닥에서도 느낄 수 있었다. 이렇게 그녀는 만족스러운 기분으로, 두 손에 다 머리를 괸 채 번개를 쳐다보았다. 혹시 아침이 온 것인지 알아보려고 자리에서 일어나 보니, 겨우 자정이 조금 지난 시각이었다. 둥근달이 루젠 성[89] 위에 아름답고 환하게 떠 있고, 공기는 건초 냄새로 가득했다.

그녀는 자신이 겪은 새로운 기쁜 일을 알리러 논넨호프로 갈 수 있는 시간까지 참는 게 아무래도 어려울 것 같았다. 그래서 한밤중에 물 위로 올라가, 유타의 방문 앞까지 갈 뻔했다. (최근에 고향에서 온 사신들이 다녀간 후에, 몹시 괴로웠던 나머지 위로를 받기 위해서 딱 한 번 그렇게 한 적이 있긴 하다.) 하지만 마음을 고쳐먹고, 좀 더 적당한 시간에 물 위로 올라갔다.

베타 아주머니는 그 꿈 이야기를 듣고, 약간 자신의 명예가 훼손된 것 같았지만 그래도 친절하게 라우의 말을 들어 주었다. 하지만 다 듣고 난 뒤에는 조심스럽게 말했다. "잠을 자면서 나온 그런 웃음은 믿지 마세요. 악마는 교활합니다. 그런 속임수를 기쁜 소식이라고 사신에게 알린다면, 거짓말이라고 언젠가 벌을 받을지도 몰라요. 게다가 집안에도 좋지 않은 일이 일어날 수 있답니다."

이 말에 아름다운 라우는 입을 삐죽이며 대꾸했다. "사모님은 내 꿈이 언짢으신가 봐요!" 그러더니 작은 소리로 작별 인사를 건네고 수면 아래로 내려가 버렸다.

정오쯤 수도원의 샤프너 신부가 창고 담당 수사를 급히 불렀다. "호수가 뒤집힌 것 같네요. 못된 라우가 다시 포도주 통한테 헤엄치는 걸 가르치려는 것 같습니다. 어서 문을 닫고,

---

89 게르하우젠 근처에 위치한, 이제는 폐허가 된 아름다운 성.

전부 단단히 조심하세요!"

수도원의 요리사이자 아주머니의 아들은 장난꾸러기였는데, 라우는 그를 좋아했다. 그는 성난 라우를 자신의 장난으로 달래야겠다고 생각하고, 방으로 달려가서 침대의 상판을 꺼내 물이 넘치는 호숫가의 풀 위에 깔고, 마치 침대에 누운 주인님이 바닥으로 떨어질까 봐 두려움에 벌벌 떠는 충직한 하인처럼 말하고 행동했다. 상판을 아무리 열심히 펴 놓아도 흡사 시냇물 위에 펼쳐 놓은 꼴이 되자, 화를 내던 라우도 수도원의 정원에까지 울려 퍼질 정도로 큰 소리로 웃어 댔다.

저녁 무렵 라우가 여인들을 만나러 올라와 보니, 그들은 이미 요리사에게 그 얘기를 들어서 알고 있었다. 여인들은 너무나 기뻐하면서 행운을 빌었다. 아주머니가 말했다. "자버는 어렸을 때부터 별난 아이였어. 그런데 그 아이의 엉뚱함이 우리에게 복을 주는군."

그런데 한 달이 지나고 또 한 달이 지나도, 세 번째, 네 번째 웃음은 찾아오지 않았다. 성 마르틴 축일[90]이 있고 몇 주 지나지 않았을 때, 사신들이 다시 문 앞에 나타났다. 여인숙의 착한 가족들은 무슨 일이 일어나지나 않을까 두려워했고, 모두가 라우를 위로하는 일 말고는 달리 할 수 있는 게 없었다. 그들의 두려움이 커질수록 희망은 점점 더 작아졌다.

그녀가 근심을 잊을 수 있도록 베타 아주머니는 동네 모임을 마련해서 라우를 초대했다. 저녁 식사 후에, 이웃에 사는 유쾌한 아가씨와 아줌마 대여섯 명은 각자 실패를 들고 와서 외딴 방에 함께 모였다. 라우는 매일 저녁 유타의 낡은 치마

---

90   11월 11일.

와 상의를 입은 채 이곳에 와서, 따뜻한 난롯가에서 멀리 떨어진 구석 바닥에 앉아 여자들의 수다를 들었다. 처음에 라우는 그저 말없이 듣기만 했지만 곧 모두와 친해졌다. 어느 날 저녁, 아주머니는 계절에 맞춰 손자들을 위해 성탄 구유를 꾸미느라 바빴다. 구유에 누운 아기 예수와 함께 자리한 성모 마리아, 그 옆에는 선물을 가져온 동방 박사 세 사람과 그들이 타고 온 낙타도 서 있었다. 베타 아주머니는 이것들을 모두 깨끗이 닦고 풀칠하기 위해 안경을 낀 채로 난롯가 탁자에 앉아 있었다. 물의 여인은 그녀가 일하는 모습을 아주 흥미롭게 바라보았다. 그러면서 그녀가 들려주는 성스러운 이야기들도 즐겁게 들었다. 하지만 라우가 아주머니의 바람대로 이 이야기들을 올바른 지식으로 이해하거나 진심으로 받아들인 것은 아니었다.

베타 아주머니는 그 밖에도 교훈적인 우화나 격언, 재치 있는 질문과 수수께끼도 많이 알고 있었다. 그녀는 이러저러한 이야기들을 차례로 늘어놓으면서 상대로 하여금 맞히도록 했다. 특히 물의 여인은 원래부터 그런 것을 좋아했다. 어쩌다가 그것을 맞히면 (그것은 쉬운 일이 아니었다.) 아주 만족스러웠기 때문이다. 그중 하나가 유난히 그녀의 마음을 사로잡았기에, 그녀는 깊이 생각하지도 않고 이렇게 대답했다.

"나는 말라깽이 여왕입니다.
머리엔 멋진 왕관이 있어요.
나를 충직하게 받드는 사람은
커다란 보답을 받을 겁니다.

시녀들은 내 머리를 곱게 손질하고
수없이 많은 이야기를 들려줘야 해요.
그들은 내 머리카락을 하나도 남기지 않지만
그래도 나는 절대로 대머리가 되지는 않지요.

나는 공짜로 마음껏 나돌아 다녀요.
아주 빠르고, 아주 신나게 다녀요.
나는 한군데 머무르지 않아요.
여러분, 답이 무엇일지 말해 보세요."

전보다 한층 쾌활해진 라우가 말했다. "언젠가 내가 진짜 집에 내려가 있는데, 만약 슈바벤 사람이, 특히 이 마을에 사는 분이 전쟁이나 다른 사유로 왈라키아[91] 지방을 지나 우리 해안으로 오게 된다면, 내 이름을 부르세요. 강이 넓어지며 바다로 이어지는 곳이에요. 바다가 담수를 바다색으로 물들이는 그곳, 그 바다 안쪽으로 십 마일까지 내 남편의 나라가 펼쳐져 있습니다. 낯선 분이 내 이름을 부르면 내가 가서 도와드리지요. 그때 그것이 나라는 걸 알 수 있도록, 내가 해치려는 게 아니라는 것을 그 사람이 알 수 있도록, 나에게 이 수수께끼를 내세요. 나를 제외하고는 우리 종족 어느 누구도 여기에 답을 할 수가 없을 테니까요. 거기서는 누구도 슈바벤 지방에 있는 베틀이나 실감개를 본 적이 없고, 슈바벤의 말도 모르니까요. 그러니까 이것이 암호가 될 거예요."

---

91   루마니아 남부의 평원 지역.

어느 날 저녁, 파일란트 박사와 영주인 콘라트 폰 뷔르템베르크 노백작에 관한 이야기가 나왔다. 그 백작이 살던 시절에는 아직 슈투트가르트라는 이름을 가진 도시가 존재하지 않았고, 훗날 그 도시가 들어설 푸른 골짜기에는 거대한 성 한 채만이 서 있었다고 한다. 배수로와 도개교를 갖춘 이 성은 콘라트 경의 숙부이자 슈파이어 참사 위원인 브루노 경이 축조한 것으로, 그곳으로부터 그리 멀리 떨어지지 않은 곳에 돌로 지은 높은 집이 서 있었다. 옛날에 그 집엔 괴팍스러운 박사가 늙은 하인 한 사람만 데리고 살았다고 한다. 그는 자연 치료와 의술에 관해 아는 것이 많았다. 박사는 상전인 백작과 함께 세계 각지를 여행하며 더운 나라에도 다녀왔는데, 그곳에서 수많은 희귀한 동식물과 바다 괴물[92] 같은 것들까지 슈바벤으로 가져왔다. 그의 저택 복도에는 낯선 물건들이 다 헤아릴 수 없을 만큼 벽에 걸려 있었다. 악어와 뱀의 껍질, 날아다니는 물고기 같은 것 말이다. 백작은 거의 매주 한 번씩 박사의 집을 방문했지만, 박사는 다른 사람들과는 거의 소통하지 않았다. 사람들은 그가 금을 만들어 낸다고 떠들어 댔다. 그리고 그의 잡동사니에는 바다 괴물의 이빨이 포함돼 있어서, 그것으로 자신의 모습을 숨길 수도 있다고 수군거렸다. 언젠가 그가 홍해의 깊이를 탐사하려고 연추를 늘어뜨렸을 때 물속에서 무언가가 움직였는데, 거의 밧줄을 끊어 놓을 정도였다. 대왕문어가 추를 물어뜯어서, 그 괴물의 이빨 두 개가 박힌 것이었다. 이빨은 송곳처럼 뾰족하고 반짝거리는 검은색을 띠고

---

92   주로 심해에 사는 대왕문어 종류를 말한다. 이것을 지니면 투명 인간이 된다는 옛이야기도 있다.

있었다. 둘 중 하나는 아주 단단하게 박혀 있었지만, 다른 하나는 쉽게 빼낼 수 있었다. 그런 이빨에다 은이나 금 같은 금속을 입혀서 몸에 지니는 것은 높은 권력의 표시였고, 게다가 돈으로 살 수도 없는 귀한 물건이었다. 박사는 그 보물이 어느 누구보다도 현명하고 사려 깊은 백작에게 합당한 물건이라고 판단했는데, 영주라면 본국에서든 적국에서든 언제 어디서나 현명한 귀와 눈을 가져야 한다고 생각했기 때문이었다. 그래서 그는 은혜를 입은 백작에게 두 이빨 중에서 한 개를 선물했다. 그리고 백작에게 그가 전혀 모르고 있던 이 이빨의 비밀스러운 힘도 알려 주었다. 그날 이후로 백작은 다른 어떤 귀족이나 고문관보다도 박사를 더 친밀하게 대했고, 그를 진정으로 절친한 친구라 여겼다. 그래서 백작은 다른 하나의 이빨이 박힌 연주를 아무런 시기심 없이, 그야말로 기꺼이 박사 보고 가지라고 했다. 그 대신 꼭 필요한 경우가 아니라면 그것을 사용하지 않겠다는 약속을 받아 냈다. 또 박사가 세상을 떠나기 전에 그것을 자기에게 유산으로 남기거나 완전히 없애 버리도록 맹세하게 했다. 백작은 파일란트 박사보다 이 년 정도 먼저 세상을 떠났는데, 본인도 그 보물을 아들에게 남기지 않았다. 그래서 사람들은 신에 대한 두려움 혹은 현명한 생각에서 백작이 그 보물을 무덤까지 가지고 갔거나 아니면 어딘가에 숨겼으리라고 믿었다.

이윽고 박사에게도 임종의 시간이 다가오자 그는 충직한 하인 쿠르트를 침대로 불러 말했다. "친애하는 쿠르트! 오늘 밤이, 나의 마지막 밤이 될 것 같네. 그래서 충직한 자네의 봉사에 감사하면서 몇 가지 일을 일러두고자 하네. 저기 책들 옆에, 그 구석 맨 아래 서랍에 금화 백 개가 든 주머니가 있으니 그것을 갖도록 하게나. 그것으로 여생을 충분히 살 수 있을 거야. 두 번째로 상자 안에 있는 낡은 필사본은, 지금 내가 보는 앞에서, 여기 이 난로 속에 넣어 태우도록 하게. 세 번째로 저기서 연추를 꺼내, 그것을 자네 물건 속에 숨기도록 하게. 그리고 자네가 이 집을 떠나 고향으로, 블라우보일렌으로 가게 되었을 때 첫 번째로 해야 할 것은 그 연추를 블라우토프 호수에 버리는 일일세." 그러면 신의 특별한 관여가 없는 한 그것이 영원히 어느 누구의 손에도 들어가지 않으리라고 박사는 생각했다. 당시엔 라우가 아직 블라우토프에 나타나지 않았고, 호수의 깊이도 알 수 없었기에 그리 생각한 듯싶다.

이 말을 들은 충직한 하인은 처리해야 할 일을 당장에 처리하고, 약속해야 할 일은 약속을 한 다음에, 임종의 순간까지 고작 며칠밖에 남지 않은 박사를 눈물로 떠나보냈다.

그 후에 법원 사람들이 찾아와서 사소한 잡동사니들을 조사하고 봉인하기 전에, 쿠르트는 연추를 치워 두었다. 그러나 그는 결코 간사한 사람이 아니었기 때문에 금화 주머니를 미리 숨기지 않고 그대로 놓아두었다. 사람들이 다녀간 난 뒤 주머니에는 돈이 한 푼도 남아 있지 않았다. 하찮은 유품만이 그의 연금으로 지불되었을 뿐이다.

슬픈 마음으로 보따리를 꾸려 고향에 도착했을 때부터 이미 그에게는 불운이 찾아올 것 같은 예감이 들었다. 하지만 그는 무엇보다도 주인의 명령을 실행해야 한다는 일념 말고는 아무 생각도 없었다. 이십삼 년간 한 번도 찾지 않은 고향이었기에, 마주치는 사람들 중에 어느 누구도 그를 알아보지 못했다. 이 사람 저 사람에게 "안녕하십니까!" 하고 말을 걸어 보앗지만 아무도 그의 인사에 대꾸하지 않았다. 그가 지나가면, 사람들은 당황해서 누가 인사를 했는지 살피려고 주위를 둘러보았다. 왜냐하면 누구의 눈에도 그가 보이지 않았기 때문이다. 이는 그가 보따리 안에 연추를 넣고 왼쪽으로 매고 있는 까닭이었다. 보따리를 오른쪽으로 옮겨 매자 비로소 사람들의 눈에 그가 보였다. 아무것도 모르는 그는 이렇게 중얼거렸다. "예전에는 블라우보일렌 사람들이 꽤 친절했는데, 왜들 이렇게 되었지!"

그는 블라우토프 호수 근처에서 밧줄 기능장(技能長)인 사촌을 발견했다. 사촌은 아들과 함께 일하는 중이었다. 사촌이 수도원의 벽을 따라 뒷걸음질하며 줄을 당기면, 소년은 계속 감개의 줄을 털어 댔다. "안녕하신가, 사촌!" 쿠르트가 큰 소리로 인사하면서 사촌의 어깨를 쳤다. 밧줄 장인은 주위를 둘러보더니 얼굴이 창백해졌다. 그는 일감을 팽개치고 부리나케 달아났다. 쿠르트는 웃으면서 말을 이었다. "맙소사, 사촌은 내가 귀신인 줄 아나 보군! 나의 주인이 아니라 내가 죽은 줄로 아는 모양이야. 별일 다 보겠군!"

이제 쿠르트는 호숫가로 가서 보따리를 풀고 연추를 꺼냈다. 그런데 그는 갑작스레 이 호수에 정말로 바닥이 없는지 알고 싶어졌다. (쿠르트 역시 자신의 주인처럼 궁금한 게 많았다.) 앞서 밧줄 장인이 두고 달아난 바구니 안에 크고 튼튼한 줄이 세 뭉치나 들어 있는 것을 보았기에, 그는 줄 한 개를 끌고 와서 연추에 묶었다. 때마침 만든 지 얼마 안 된 거룻배가 호수 한가운데에 떠 있었다. 그는 배에 올라탄 다음, 안전하게 위치를 잡고 앉아서 추를 아래로 내려뜨렸다. 그는 팔 길이만큼 매듭을 하나씩 묶은 뒤에 그 길이를 세 개씩 합해서 한 발[93]로 계산했다. 그는 큰 소리로 수를 헤아렸다. "한 발, 두 발, 셋, 넷, 다섯, 여섯, 일곱, 여덟, 아홉, 열 발." 그러자 첫 번째 밧줄 뭉치가 끝났다. 그래서 그 끝에다 두 번째 밧줄을 묶어 또다시 길이를 재다 보니 스무 발에 이르렀다. 가만 보니 두 번째 밧줄도 거의 다 물속으로 내려갔다. "저런, 정말 깊구먼!" 그는 세 번째 밧줄을 그 끝에 묶고, 다시 계속 숫자를 세었다. "스물하나, 스물둘, 스물셋, 스물넷, 빌어먹을, 팔 부러지겠네, 스물다섯, 스물여섯, 스물일곱, 스물여덟, 스물아홉, 서른……. 이제 또 끝이다. 줄이 몽땅 끝났어! 끝이야, 더는 못하겠어, 정말 못 하겠어, 절대로 못 하겠어, 포기했어!" 그는 호수에서 나오기 전에 막대기에다 밧줄을 감고 잠깐 숨을 돌리며 스스로 판단을 해야 했다. '이 호수엔 진짜로 바닥이 없다.'라고.

뜨개질하는 여자들 중 한 사람이 이 재미난 이야기를 하는 동안에, 여인숙 아주머니는 미소를 머금은 라우에게 묘한 눈짓을 보냈다. 이 측량이 어떻게 된 일인지 라우가 아주 잘 알고 있었기 때문이었다. 두 사람은 아무 말도 하지 않았다. 하지만 독자에게는 이 이야기를 하지 않을 수 없다.

바로 그날 오후에 아름다운 라우는 물속 깊은 곳의 모래 위에 누워 있었다. 그리고 라우의 발치에는 제일 총애하는 시녀 알라일라가 앉아서 종종 그러하듯이 황금 가위로 그녀의 발톱을 자르고 있었다.

---

93   한 발은 약 6피트로 183센티미터 정도다.

이때 서서히, 맑은 수면으로부터 원추형의 검은색 물체가 내려왔다. 처음에 그것이 무엇인지 알아차리기 전까지 둘은 매우 놀랐다. 연추가 구십 피트나 내려와 바닥에 닿자 장난꾸러기 시녀가 두 손으로 줄을 잡아당겼다. 계속 당기다가 더 이상 줄이 내려오지 않자, 그다음에는 재빨리 가위를 집어 들어 연추를 잘랐다. 그리고 어린아이 머리만 한, 어제 호수로 굴러들어 온 커다란 양파를 집어서 그 푸른 싹을 밧줄에 묶었다. 남자가 다시 줄을 끌어올렸을 때 물속으로 내려보낸 연추와 다른 것이 매달려 있는 걸 보고 깜짝 놀라게 할 참이었다. 한편 아름다운 라우는 연추 안에서 대왕문어의 이빨을 발견하고는 놀랍기도 하고, 기쁘기도 했다. 라우는 그것의 힘을 잘 알았다. 물의 여인이나 남자 들은 연추에 별 관심이 없지만, 그렇다고 그걸 사람들에게 주지는 않는다. 왜냐하면 사람들은 바다나 물속에서 발견한 물건을 무턱대고 일종의 소작료나 공물로 간주하기 때문이다. 아름다운 라우가 고향으로 돌아갈 때 이 우연히 얻은 물건을 가져간다면, 남편인 늙은 물의 정령으로부터 큰 칭찬을 받을 터다. 그래도 라우는 물 밖에 서 있는 남자를 아무런 보상도 없이 돌려보내고 싶지 않았다. 그녀가 지닌 물건이라고는 목에 건 아름다운 진주 목걸이뿐이었다. 라우는 얼른 진주 목걸이를 끌러, 이제 막 물 위로 올라가려는 큼지막한 양파에 둘둘 감았다. 그것으로 충분하지 않다고 생각했는지, 그녀는 황금 가위까지 걸었다. 그러고는 그 무거운 물건들이 수면 위로 올라가는 모습을 투명한 눈으로 쳐다보았다. 그런데 시녀는 물 위에 있는 사람이 어떻게 반응할지 너무 궁금했던 나머지, 그 밧줄을 따라 위로 올라갔다. 시녀는 수면 아래 두 뼘쯤 되는 깊이에서 쿠르트가 놀라고 당황하는 모습을 보며 즐거워했다. 그러다가 두 손을 들어 하얀 손가락을 부채처럼 펼치더니 갑자기 허공에다 휘둘렀다. 그곳에는 이미 쿠르트의 사촌인 밧줄 장인의 비명 소리를 듣고 마을 사람들이 몰려와 있었다. 이들은 블라우토프 호숫가에 둘러서서 신기한 구경거리를 쳐다보았는데, 돌연 무시무시한 손이 나타난 것이었다. 사람들은 기겁하며 사방으로 흩어져 달아났다.

하지만 늙은 하인은 그때부터 일주일 내내 넋이 빠져, 라우가 준 선물은 쳐다보지도 않았다. 다만 사촌의 집 난롯가에 앉아, 하루 종일 옛날 속담을 백 번이나 되뇌었다. 그 속담이 어디서, 어떻게, 언제 처음으로 사람들 사이에 퍼졌는지는 슈바벤 지방의 어떤 학자도 확실히 알지 못한다. 왜냐하면 노인조차도 그 말을 직접 들은 게 아니었기 때문이다. 그것은 단지, 요즘도 그렇듯이 예전부터 누가 실수하지 않고 말을 또박또박 빨리 발음할 수 있는지를 가리기 위해 아이들에게 장난삼아 시키던 놀이였다. 그 내용은 다음과 같다.

"막대기에 납이 달려 있어, 블라우보일렌에,
블라우보일렌 막대기에는 납이 달려 있어."[94]

아주머니는 이것을 말도 안 되는 멍텅구리 같은 노래라고 하면서 이렇게 말했다. "이 말을 예언은커녕, 정신이 제대로 박힌 사람이 한 말이라고 생각하는 사람조차 없을 거야!"

칠 일째 아침에 마침내 쿠르트가 다시 정신을 차렸다. 사

94 사투리로 운에 맞춰 노래를 부르게끔 되어 있다.

촌이 큰 재산이 될 만한 값진 물건들을 보여 주자 쿠르트는 미소를 짓더니 그것을 안전하게 보관했다. 그러고는 그것들로 무슨 일을 할지, 밧줄 기능장인 사촌과 의논했다. 사촌과 친지들은, 쿠르트가 곧장 진주 목걸이와 황금 가위를 가지고 루트비히 백작의 궁이 있는 슈투트가르트로 가서, 백작에게 이것들을 팔아 버리는 편이 좋겠다고 생각했다. 그래서 쿠르트는 그렇게 했다. 백작도 그리 인색하지 않았다. 백작은 어느 전문가가 매우 진귀한 물건으로 감정한 이 장식품들을 자신의 아내에게 선물하고자 했다. 그런데 노인이 이 물건들을 어떻게 손에 넣었는지 얘기를 듣자, 백작은 깜짝 놀라 무섭게 화를 내더니 돌아가 버렸다. 그가 마술 이빨을 분실했다는 걸 백작이 알아차렸기 때문이었다. 예전에 그 마술 이빨에 관해 이야기를 들은 바 있는 백작은, 부친인 콘라트 경이 세상을 떠나자 박사에게 그것을 달라고 부탁했지만 끝내 받지 못했다.

　이것은 뜨개질하는 부인들이 한 이야기였다. 그런데 그들은 제일 중요한 사실을 모르고 있었다. 그들 사이에 껴서 뜨개질을 하던 어느 수다쟁이 아줌마가 아름다운 라우더러 그 연추를 아직도 가지고 있는지, 그걸 어떻게 했는지 알고 싶다며 조심성 없이 물었다. 그러자 베타 아주머니가 넌지시 비꼬면서, 라우에게 말했다. "아, 그건 왜? 이제 가끔씩 몸을 보이지 않게 숨기고 이 집 저 집 돌아다니면서, 여자들이 점심에 무엇을 요리하는지 살피려는 거 아니야? 호기심 많은 사람에겐 그 추가 아주 좋은 물건이겠지!"

　그사이 어떤 아가씨가 그 바보스러운 노래를 낮은 목소리로 외기 시작했다. 다른 사람들도 똑같이 따라 하면서 서로 좀 더 잘해 보려고 애썼다. 하지만 세 번, 네 번 되풀이해도 그 노랫말을 매끄럽게 읊을 수 있는 사람이 없자 모두 깔깔대며 웃어 젖혔다. 마지막으로 아름다운 라우가 욀 차례였고, 유타는 어서 해 보라며 재촉했다. 라우는 귀까지 벌게졌지만 일어서서 침착하게 천천히 읊었다.

"막대기에 납이 달려 있어, 블라우보일렌에."

아주머니는 라우에게 제대로 못 했다면서, 마치 기름칠한 것처럼 매끄럽게 읊어야 한다며 소리쳤다. 그래서 라우는 다시 시작했지만, 곧 여기저기서 엉키고 뒤죽박죽이 되어 버려 도대체 무슨 말인지 알아들을 수가 없었다. 이제 자연스럽게 방 안 가득히 웃음이 터져 나왔다. 그 와중에 아름다운 라우도 함께 웃음을 터뜨렸다. 모두에게 보일 정도로 하얀 치아를 드러낸 밝은 웃음이었다.

이들이 이렇게 즐겁고 유쾌하게 웃는 동안, 뜻밖에도 깜짝 놀랄 만한 일이 일어났다.

아주머니의 아들이 급히 계단으로 뛰어올라 오더니 어머니를 불렀다. 지금 막 존더부흐에서 마차를 타고 집에 도착한 그는 하인들이 마구간에서 잠들어 있는 모습을 보고 계단을 뛰어올라 와 문 앞에 서서 모두가 듣고도 남을 만큼 큰 소리로 말했다. "맙소사, 어서 라우를 돌려보내세요! 마을에서 나는 저 시끄러운 소리가 들리지 않으세요? 블라우토프 호수의 물이 전부 빠져나갔고, 아래쪽 골목은 벌써 물에 잠겼어요. 홍수가 밀려오듯 호수 옆 언덕에서 휘몰아치는 소리, 굴러떨어지는 소리가 난다고요!" 자버가 이렇게 말하는 동안에, 방 안에 있던 라우가 외쳤다. "왕이에요, 제 남편이요. 그런데 내가 집을 비웠으니 어떡하죠!" 이렇게 말하면서 라우는 정신을 잃었고, 방이 흔들릴 만큼 요란하게 의자에서 바닥으로 쓰러졌다. 아들은 다시 바깥으로 달려 나갔고, 뜨개질을 하던 여자들은 크게 걱정하며 치마를 붙잡고 집 밖으로 뛰어갔다. 방 안에 남은 다른 사람들은 불쌍한 라우를 어떻게 해야 할지 종잡을 수 없었다. 라우는 죽은 듯이 바닥에 쓰러져 있었다. 한 사람이 옷으로 라우를 덮어 주었고, 또 다른 사람은 그녀의 몸을 문질렀다. 세 번째 사람은 창문을 활짝 열었고, 이렇듯 모두가 애써 봤지만 아무 소용이 없었다.

이때 갑자기 장난꾸러기 요리사가 머리를 문으로 들이밀더니 이리 말했다. "난 라우가 여기에 있을 줄 알았지! 이건 그다지 잘하는 짓이 아닙니다. 오리는 물로 돌려보내야 해요, 거기로 가서 헤엄을 쳐야지요!" 이에 어머니가 화를 내며 "너 말 잘했다!"라고 대꾸했다. "지하실이든 우물이든, 라우를 어디에 숨기든 무슨 상관이냐! 널 호수 안으로 끌고 가서 목을 돌에다 부딪치는 수가 있어!" 이때 "지하실이요?" 하고 아들이 소리를 질렀다. "우물이요? 절대로 안 돼요. 내가 할게요. 궁하면 안 되는 게 없습니다! 내가 라우를 호수로 데려갈게요." 그러면서 요리사가 힘센 청년답게 물의 여인을 두 팔로 감싸 안았다. "이리 와, 유타! 울지 마! 등불을 들고 내 앞으로 와! 하느님, 맙소사!" 이어 아주머니가 말했다. "그래도 뒤로 돌아서 마당으로 지나가거라. 길에는 사람들하고 등불이 넘쳐 난다." 요리사는 걸어가면서 "물고기가 꽤 무거운걸!"이라고 말했다. 하지만 그는 당당한 걸음으로 계단을 내려가, 뜰을 지나서 왼쪽, 오른쪽으로 돌아 덤불과 울타리를 지나갔다.

호수에 이르러 보니 물은 벌써 눈에 띄게 빠져 있었다. 그러나 그들은 세 명의 시녀가 수면 바로 아래까지 머리가 올라올 정도로 초조하게 이리저리 헤엄치면서 왕비를 찾고 있는 모습은 발견하지 못했다. 유타가 등불을 내려놓자, 요리사도 안고 온 라우를 내려놓았다. 호박 넝쿨이 늘어진 언덕에, 그는 조심스럽게 라우의 등을 기대 놓았다. 그런데 이때 요리사의 마음속에서 또다시 고개를 든 장난기가 귀에다 무언가를 속삭이기 시작했다. "만약 그녀에게 키스한다면, 너는 일생 동안 행복할 거야. 물의 여인에게 키스했다고 자랑할 수도 있지." 요리사는 제대로 생각해 보기도 전에, 이미 그 일을 실행에 옮겨 버렸다. 그때 호수에서 물이 휙 날아오더니 순식간에 등불을 꺼 버렸다. 주위는 칠흑같이 깜깜해졌다. 그리고 어디서 나타났는지 모를 여섯 개의 물에 젖은 손이, 그의 튼튼한 양쪽 뺨을 후려친 것 같았다. 누이가 소리쳤다. "무슨 일이야?" 그는 "이게 아마 따귀일 거야."라고 말했다. "흑해에 사는 이들이 이런 것까지 알리라고는 생각도 못 했네!" 그는 이렇게 너스레를 떨며 그곳에서 몰래 빠져나갔다. 하지만 따귀 소리는 메아리치며 저 위에 위치한 수도원의 담과 지붕에까지 울려 퍼졌다. 그는 놀라서 그 자리에 멈춰 섰다. 당황한 그는 이제 어디로 가야 할지 알 수가 없었다. 적이 앞에도, 뒤에도 있는 것만 같았기 때문이다. (이 경고는 라우의 입술을 강탈한 요리사가 자신의 옳지 못한 행동을 떠들고 다니지 않도록 하는 데에 필요한 조치였다. 그런데 아름다운 라우의 행복을 위해 자신의 입맞춤이 필요했다는 것을 요리사 본인은 몰랐으리라.)

이렇게 요란스러운 소동이 벌어지는 동안, 사람들은 기절한 왕비가 전에 꿈속에서 달음질치는 수도원장을 보았을 때처럼 마음껏 웃는 소리를 들었다. 요리사는 멀리서 그 소리를 들었다. 그는 그것이 자신과 연관됐다고 생각했는데, 어느 정도 근거 있는 얘기였다. 이제 그는 무엇보다도 왕비가 더 이상 괴로움을 겪지 않으리라는 것을 알고 기뻐했다.

곧바로 좋은 소식을 가지고 유타가 집으로 돌아왔다. 유타는 아름다운 라우가 오늘 마지막으로 몸에 걸쳤던 치마와 상의를 팔에 걸고 있었다. 그녀는 호수에서 라우를 맞이하는 시녀들로부터 크게 위안이 되는 말을 들었다. 왕이 아직 도착하지 않았다는 것이었다. 하지만 머지않아 왕이 도착할 것이며, 거대한 수로엔 이미 물이 가득 찼다고 시녀들이 말했다. 수로는 돌로 만들어진 넓고 깊은 길인데, 인간들의 집터 아래 깊은 곳에 있고, 산 한가운데를 통과하며 곧게 뻗어 있다고 한다. 거기서부터 이 마일 정도 떨어진 곳에 늙은 물의 정령의 누이가 다스리는 도나우 강이 있다. 그 지역의 강과 시내, 샘은 모두 도나우 강에 예속되어 있었다. 그래서 강과 시내, 샘에 명령이 떨어지면 이들은 순식간에 그 수로로 물을 쏟아부어 모든 수중 동물, 해마와 마차가 달릴 수 있도록 했다. 종종 축제 같은 때에는 뿔 나팔과 북이 울리며, 수많은 횃불까지 어우러져 멋진 구경거리를 연출했다.

시녀들은 서둘러 여왕을 방으로 데려가 향유를 바르고 머리를 땋은 뒤에 화려한 옷을 입혔다. 라우는 기꺼이 시녀들에게 몸단장을 맡겼고, 스스로 꾸미기도 했다. 다섯 번째 웃음이 어떤 것이었는지는 남편도 그녀 자신도 알 수 없었지만, 이제 다섯 번째 웃음까지 전부 다 이뤄졌음을 마음으로 느낄 수 있었다.

파수꾼이 자정을 알리고 세 시간 정도 지난 후, 논넨호프의 사람들은 이미 모두 잠들어 있었다. 그런데 그때 지하실의 종이 크게 두 번 울렸다. 그건 급한 일이 생겼다는 신호였기에 여인과 딸들은 서둘러 지하실로 내려갔다.

여느 때처럼 라우는 우물에서 그들에게 인사를 건넸다. 라우의 얼굴은 기쁨으로 아름답게 빛났고 두 눈은 반짝였다. 그것은 이제까지 단 한 번도 보지 못한 모습이었다. 라우가 말했다. "다들 아시겠지만 자정쯤에 남편이 왔어요. 오늘 밤에 나의 행운이 완성되리라고 시어머님께서 얼마 전에 미리 알려 주셨대요. 그래서 남편은 지체하지 않고 제후들과 숙부 그리고 내 오빠 퀀트와 함께 많은 신하들을 거느리고 떠나왔답니다. 아침이면 우리는 떠날 거예요. 왕은 마치 오늘 처음 맞이하는 신부처럼 나를 다정하고 너그럽게 대해 줬어요. 그들이 술잔을 다 돌리고 나면, 바로 연회를 마치고 출발할 거예요. 나는 친구들에게 작별 인사를 하고 내 마음을 전하기 위해, 방으로 자리를 피한 뒤 이리로 왔어요. 베타 아주머니, 사랑하는 유타, 며느님 그리고 아기까지 모두 고마워요. 지금 여기 없는 사람들, 남자와 하녀 들에게도 인사를 전해 주세요. 삼 년에 한 번씩 여러분에게 저의 소식을 전할게요. 어쩌면 그보다 먼저, 내가 직접 찾아올 수도 있겠지요. 그땐 저 라우가 여러분 댁에서 웃었다는 것을 말해 줄 생생한 증거들을 품에 안고 올게요. 내 가족들 역시 나와 마찬가지로, 여러분이 제게 베푼 일을 잊지 않을 거예요. 자 이제, 아주머니, 많은 손님들이 드나드는 이 집에 제가 축복을 드릴게요. 여행하는 가난한 젊은이들에게 당신이 무상으로 음식과 잠자리를 제공한다고, 좋은 일을 하신다는 얘기를 자주 들었어요. 여러분이 앞으로도 그런 일을 계속할 수 있도록, 그러니까 사람들에게 도움을 줄 수 있도록 우물 옆에 은전 가득한 단지를 두겠어요. 거기서 마음대로 가져다 나눠 쓰세요. 마지막 동전이 떨어지기 전에, 제가 다시 단지를 가득 채워 둘게요. 또 백 년마다 닷새 동안 '행운의 날'을 두어, 여러 가지 선물로 축복하려 해요. (5는 나의 행운의 숫자니까요.) 여행자들 중에서 내가 첫 웃음을 터트린 그 날짜에, 맨 처음으로 당신 집의 문턱을 넘는 사람은 당신이나 당신 자손으로부터 다섯 종류의 선물을 받을 겁니다. 하지만 누구든 그 상을 받으면, 선물을 받은 장소와 시간을 누설하지 않겠다고 맹세해야 합니다. 여러분은 그 선물들을 매번 이곳 우물가에서 발견할 것입니다. 당신의 자손이 대를 이어 이 여인숙을 운영하는 한 계속 이 선물을 드릴 겁니다."

이렇게 말한 다음, 라우는 나지막한 목소리로 아주머니와 많은 이야기를 나누고 마지막으로 덧붙였다. "연추를 잊지 마세요! 절대로 그것이 구두장이의 손에 들어가서는 안 돼요." 라우는 다시 한 번 작별을 고하고, 한 사람 한 사람에게 입맞춤했다. 두 부인과 아가씨들은 눈물을 쏟았다. 라우는 유타에게 녹색 가락지를 끼워 주며 말했다. "안녕, 유타! 우리는 특별히 친한 사이였지요. 앞으로도 계속 그렇게 지내요!" 그러더니 라우는 물로 들어가 손을 흔들며 사라졌다.

우물 뒤쪽 벽감에는, 정말로 라우가 약속했던 선물이 든 단지가 놓여 있었다. 작은 철문이 달린 구멍이 벽 안쪽으로 나 있는데, 그것이 어디로 통하는지는 아무도 몰랐다. 그런데 그것이 이제 열려 있었다. 어떤 심부름꾼이 이 물건들을 거기에 가져다 놓았는지, 조금도 물에 젖지 않았다. 그곳엔 다음과 같은 것들도 놓여 있었다. 다른 무엇보다도 용의 껍질로 만든 주사위 통이 눈에 띄었는데, 거기엔 금테까지 둘려 있었다. 그리고 손잡이가 화려하게 장식된 단도, 상아로 만든 물레에 쓰는 북, 독특하게 짜인 아름다운 옷감뿐 아니라 여러 가지 물건들이 있었다. 그 밖에 장미나무로 만든 국자도 있었는데, 이 손잡이가 긴 국자엔 위에서 아래로 정교한 그림이 그려져 있고 도금까지 되어 있었다. 여주인은 라우가 명랑한 요리사를 기억하며, 이 국자를 선물했으리라고 말했다. 다른 사람들도 어느 한 명 빠짐없이 모두 선물을 받았다.

베타 부인은 세상을 떠날 때까지 착한 라우가 남긴 당부를 충실히 지켰으며 그녀의 자손들도 똑같이 따랐다. 그 후에 라우가 정말로 아이를 데리고 논넨호프에 왔었는지는 이 이야기를 전하는 오래된 책에는 쓰여 있지 않다. 하지만 나는 그녀가 다시 찾아왔으리라고 믿고 싶다.

1 프라하로 여행하는 모차르트

뫼리케, 모차르트 그리고 돈 조반니

뫼리케의 『프라하로 여행하는 모차르트(Mozart auf der Reise nach Prag)』(1856)는 1787년 9월 14일, 하루 동안 모차르트 부부에게 일어난 일을 기록하고 있다. 마차를 타고 빈을 출발한 모차르트 부부가 산악 지대를 지나 오늘날의 체코 국경 근처에 도달한 오전 11시 무렵부터 그날 오후 어느 백작의 성에 체류하다가, 다음 날 새벽에 다시 프라하로 여행을 시작하면서 이야기는 끝난다. 뫼리케는 이 노벨레를 '모차르트 탄생 100주년'을 기념해 1856년에 발표했다. 연대기적 사실과 가공의 사건이 얽힌 이 노벨레는 요즘 비교적 잘 알려진 모차르트의 개성을 잘 집어낸, 대표적인 예술가 소설로 평가된다.

31살의 모차르트

이 노벨레와 관련하여 모차르트의 생애를 살펴보면, 1756

년에 잘츠부르크에서 출생한 모차르트는 13살 때 아버지와 이탈리아를 여행한다. 1782년(26살)에 콘스탄체와 결혼했고, 몇 년 후에 이탈리아의 대본 작가 로렌초 다 폰테를 만나면서부터 오페라 작곡에 몰두한다. 「후궁으로부터의 도주(Die Entführung aus dem Serail)」는 튀르크풍의 연출과 재미난 줄거리로 크게 주목받았지만, 「피가로의 결혼(Le Nozze di Figaro)」은 기대한 만큼 빈에서 환영받지 못한다. 「피가로의 결혼」은 오히려 프라하에서 큰 성공을 거두고, 그곳 극장장 본디니에게 새로운 작품까지 의뢰받는다. 모차르트는 로렌초 다 폰테의 다음번 대본 「돈 조반니(Don Giovanni)」의 작곡에 착수하고, 이번엔 프라하에서 초연하기로 결심한다. 그래서 모차르트는 1787년에 9월, 미완성 상태의 「돈 조반니」 초고를 들고 프라하를 방문한다. 뫼리케의 『프라하로 여행하는 모차르트』는 바로 이때의 모차르트를 그린 작품이다. 「돈 조반니」는 그해 10월 29일, 프라하의 에스타테스 극장에서 성공적으로 초연된다.

오페라 「돈 조반니」

돈 조반니 혹은 돈 후안은 가공의 방탕한 인물로, 원래는 스페인의 민간 설화에 등장한다. 돈 조반니는 돈나 안나에게 추파를 던지다가 그녀의 아버지 기사단장의 분노를 사고, 결국 결투 끝에 그를 살해한다. 그러나 그는 이에 아랑곳하지 않고 시골 처녀 체를리나를 유혹하는 등 여성 편력을 이어 간다. 그러던 중에 돈 조반니는 묘지에서 만난 석상을 만찬에 초대한다. 그날 밤, 그의 집으로 찾아온 석상(돈나 안나 아버지, 즉 기사단장의 유령)은 뉘우칠 줄 모르는 돈 조반니를 지옥으로 떨어트린다.

「돈 조반니」 이후

모차르트는 아버지가 세상을 떠난 후, 잇따라 자식도 잃는다. 동시에 엄청난 과소비로 경제 사정도 계속 악화된다. 그러던 중에 모차르트는 다시 로렌초 다 폰테에게 대본을 받아서 1790년 「여자는 다 그런 것(Così fan tutte)」을 작곡한다. 다행히도 1791년부터 창작 의욕이 회복되어, 그는 왕성하게 작곡 활동을 전개한다. 그러나 희망이 움튼 1791년, 모차르트는 생의 마지막 해를 맞이하고 만다. 최고의 오페라로 손꼽히는 「마술피리(Die Zauberflöte)」에 이어, 「진혼곡(Requiem)」을 미완성으로 남겨 둔 채 모차르트는 35살에 영면에 든다.

에두아르트 뫼리케

소설가이자 목사였던 에두아르트 뫼리케는, 1804년 루트비히스부르크에서 열세 명의 형제 중 일곱 번째 아이로 태어난다. 아버지는 뷔르템베르크의 공의(公醫)였다. 6살에 라틴어 학교에 입학하지만, 13살에 아버지가 세상을 떠나면서 슈투트가르트에 위치한 삼촌 집에서 지내게 된다. 1808년 신학교에 입학, 목사 공부를 시작해서 40살의 나이로 일찍 은퇴할 때까지 목사로 활동한다. 46살에 결혼해서 두 아이를 두었고, 전원적인 서정시를 많이 썼다. 그의 결혼 생활은, 1873년에 이혼으로 끝나고 만다. 뫼리케는 서정성이 강한 작가로, 쉰세 편의 아름다운 시는 후고 볼프가 만든 『뫼리케 가곡집』의 가사로 쓰인다. 1875년에 세상을 떠난 뫼리케는 슈투트가르트에 묻힌다.

『프라하로 여행하는 모차르트』

1824년 8월 15일, 20살의 뫼리케는 동생 아우구스트, 누이 루이제와 함께 슈투트가르트에서 모차르트의 오페라 「돈 조반니」를 감상하고 큰 감명을 받는다. 뫼리케는 그날을 "내 생애에서 가장 행복한 날"이라고 기록한다. 그런데 며칠 뒤에 동생 아우구스트가 갑작스럽게 사망하면서, 모차르트의 「돈 조반니」는 그에게 가장 행복한 음악이자 죽음을 연상케 하는 슬픈 추억으로 남는다.

뫼리케가 모차르트를 주인공으로 하는 노벨레에 착수한 때는 그로부터 28년이 지난 1852년의 일이다. 그는 이 작품을 《지식인 독자를 위한 조간지(Morgenblatt für Gebildete Leser)》에 연재하기로 하고, 집필을 시작한다. 이 작업은 무난하게 진행되다가, 뫼리케의 건강 악화, 무기력증과 우울증으로 인해 더디게 진척된다. 결국 2년 반이 지난 1855년 3월에야 완성된다. 그해 여름에 네 차례에 걸쳐 연재되고, 곧 단행본으로 출간되면서 큰 반향을 불러일으킨다. 테오도르 슈토름(Theodor Storm), 카를 마이어(Karl Mayer) 등의 찬사가 이어졌고, 20세기에는 문예학자 벤노 폰 비제(Benno von Wiese)로부터 "기적"이라는 칭송을 받는다.

줄거리는 간단하다. 1787년 31살의 모차르트는 아내 콘스탄체와 함께, 오페라 「돈 조반니」의 공연을 앞두고 프라하로 향한다. 국경 근처의 아름다운 풍경에 매혹된 그는 어린 시절을 회상하고, 연주와 개인 교습, 여행으로 점철된 현실을 돌아보며 투정한다. 점심을 먹고 휴식을 취하기 위해 어느 백작의 성 근처에 마차가 멈춘다. 이때 산책을 하던 모차르트는 생각에 잠겨, 백작의 정원에 심긴 광귤나무의 열매를 무심코 따다가 정원사에게 발각되고 만다. 그의 성체를 파악한 백작 부부는 모차르트를 가족 모임에 초대한다. 마침 그날은 백작의 질녀 오이게니의 약혼식 날이다. 모차르트는 뜨거운 환영을 받고, 어린 시절에 이탈리아를 여행하며 겪은 일들과 그곳에서 처음으로 광귤나무를 보았던 이야기를 들려준다. 오후 내내 이어진 파티에서 오이게니가 「피가로의 결혼」의 한 아리아를 노래하고, 모차르트는 「돈 조반니」 중에서 최근에 완성한 피날레 장면(돈 후안의 죽음 부분)을 연주한다. 다음 날, 모차르트 부부는 다시 프라하를 향해 여행을 계속한다. 모차르트의 연주에서 죽음을 예감한 오이게니는, 천재성의 불꽃 한가운데서 그가 피안의 세계로 사라져 가고 있음을 느낀다.

노벨레

채 60쪽이 되지 않는 이 산문을, 작가는 노벨레라고 부른다. 독일어권에서 흔히 나타나는 이 산문 장르는 영어권에서 언급하는 단편과는 달리, 작품의 분량보다 그 내용에 주목한다. 노벨레의 어원은 라틴어의 novus, 이탈리아어의 novella 에서 왔는데, 즉 '새로운 것'이라는 뜻이다. 여기서 새롭다는 건 좀처럼 들어 본 적 없는 이야기, 말하자면 소재가 '특이'하다는 것이다. 괴테의 "들어 본 적 없는 사건"이라는 말은, 노벨레라는 장르를 설명하는 데에 중요한 단서다. 노벨레에서 중요한 것은 갈등인데, 이 세상에서 단 한 번뿐인 사건을 긴장된 구조 속에서 이야기하는 게 보통이다. 예컨대 대표적인 노벨레 작가로 손꼽히는 하인리히 폰 클라이스트의 「칠레의 지진」이나 「미하엘 콜하스」, 또는 E. T. A. 호프만이 쓴 「스퀴데리 부인」, 드로스테휠스호프의 「유대인의 너도밤나무」 등의 작품에서는 더욱 강력한 사건, 이를테면 살인이 문제시된다. 뫼리케의 『프라하로 여행하는 모차르트』에서는, 모차르트라는 특별한 인물이 겪은 특이한 사건을 다룬다. 극적인 사건을 이야기하기 때문에 일종의 열쇠 역할을 하는 사물이 상징적으로 등장하곤 하는데, 가령 뫼리케의 이 노벨레에서는 광귤이 라이트모티브라고 할 수 있다.

노벨레의 이야기는 일반적으로 빠르게, 일직선으로 진행된다. 뫼리케가 이 노벨레에서 다룬 사건은 시간적으로 하루 (24시간)도 안 된다. (사건이라고 부를 만한 사건이 아니기에, 줄거리라고 부르는 편이 좋을 듯싶다.) 또 줄거리는 시간의 흐름과 함께 계속 앞으로 나아간다. 단 한 번, 모차르트의 과거(나폴리 회상 장면)가 삽입되는데, 그것은 '광귤 절도 사건'을 설명하고, 그가 지닌 성격의 일면(밝고 명랑하고 유희적인 측면)을 드러내 보이는 역할을 한다.

죽음의 예감

『프라하로 여행하는 모차르트』는 처음 3분의 1 부분까지, 마차를 타고 가는 모차르트 부부의 대화로 이뤄져 있다. 모차르트는 행복하고, 자신감으로 넘친다. 천진난만한, 어린아이 같은 그의 밝은 성격은 여행 중에 향수병이 엎질러진 불길한 사고까지도 긍정적으로 받아들인다. 모차르트는 "나는 사람들이 놓치거나 미루거나 내버려 둔 것에 대해 생각하면 안 돼. 신과 인간의 의무에 대해서는 말하면 안 돼. 나는 완전한 기쁨에 대해, 매일 모든 이의 발밑에 놓인 작고 천진한 기쁨에 대해 말하지."라고 말한다. 그러나 아내 콘스탄체의 입을 통해서 우리가 알게 되는 것은, 그가 건강하지 않으며 그의 음악이 대중에게서 충분히 이해받거나 보상받지 못하고 있다는 사실이다.

점심때 여인숙 앞에 마차를 세운 모차르트는 오솔길로 산보를 나선다. 드라마라면 여기서부터 사건의 발단이라고 칭할 수 있을 터다. 어느 백작의 성과 정원이 그의 눈앞에, 마치 낙원처럼 펼쳐진다. 그래서 모차르트는 광귤을 몰래 따다가 발각된 뒤에, 성의 주인에게 쪽지를 적어 보내면서, 아주 태연하게 스스로를 아담, 아내를 이브라고 부른다. 성에서는 백작의 질녀 오이게니의 약혼식을 맞이해, 잔치가 한창 준비 중이다. 모차르트를 알아본 백작 부부는 그를 대환영한다. 그는 어린 시절에 나폴리에서 구경한 즐거운 바다 축제를 이야기하고, 오이게니는 「피가로의 결혼」의 한 아리아를 부른다. 행복은 고조된다. 하지만 모차르트의 순탄하지 않은 현실이, 아내의 입을 통해 틈틈이 언급된다. 모두 들뜨고 즐거운 가운데, 모차르트가 불과 며칠 전에 「돈 조반니」 피날레 장면의 작곡을 마무리했다고 말한다. 잔치에 모인 사람들이 들려 달라고 부탁하자 모차르트는 연주를 시작한다.

"너의 웃음은 새벽이 오기 전에 종말을 고하리."라는 무시무시한 코러스가 죽음과도 같은 방의 적막 가운데서 울려 퍼졌다. 머나먼 별에서 들려오듯 은빛 나팔의 노랫가락이 얼음처럼 차갑게, 골수와 영혼 속에 사무치며 푸른 밤을 뚫고 내려앉았다.

음울한 단조 음악이 사람들을 휘감는다. 나팔은 요한 묵시록에서 신의 전령이다. 나팔의 울림과 함께 지상은 파멸하기 시작한다. 그것은 경고이자 처벌, 죽음을 알리는 소리다.

어두운 밤의 적막을 뚫고 들리는 "너의 웃음은 새벽이 오기 전에 사라질 것"이라는 경고는, 모차르트 곁에 둘러앉은 사람들의 골수로 얼음처럼 차갑게 파고든다. 위협적인 나팔 소리에 즐거운 사고, 삶의 긍정, 이탈리아의 경쾌함, 성공적인 삶은 갑작스럽게 자취를 감추고, 사람들은 다가오는 파멸과 비극, 죽음의 공포에 잠시 휩싸인다.

하지만 작곡자는 곧 아무렇지도 않은 듯 현실로 돌아온다. 그 부분을 완성했을 때 기분이 어땠는지를 묻는 백작부인에게 모차르트는, 자기가 갑자기 죽어서 누군가가 이 미완의 「돈 조반니」를 마무리하게 된다면 피날레 부분이 이미 깔끔하게 완성되어 있는 것을 보고 분명 좋아하리라고 대답한다. 돈 후안의 죽음을 모차르트(그리고 뫼리케)는 이렇게 본다. 여기서 우리는 별로 유쾌하지 않은 현실의 삶으로부터 그것을 넘어서는, 어떤 고양된 세계를 추구하며 불순물 없이 깨끗하고, 승화된 예술의 세계를 보여 주려고 노력하는 예술가의 삶에 대해 생각하게 된다. 그러니까 모차르트의 천진스러운 명랑함과 삶에 대한 긍정은, 우울과 고통 위에 세워진 위대한 성취인 것이다.

건강은 야금야금 나빠졌고, 계속 되풀이되는 우울감은 비단 그것만이 원인은 아닐지라도 그를 현재의 상황으로 몰아갔고, 때 이른 죽음마저 암시했다. 죽음은 한 발자국 한 발자국 그를 따라와 피할 수 없는 지경으로 몰아세웠다. 온갖 종류와 갖가지 빛깔의 걱정거리, 후회의 감정이 한데 섞여 쓰디쓴 양념이 되었고, 급기야 모든 기쁨 속으로 파고들었다. 하지만 우리는 이런 그의 슬픔 또한 승화되고, 정화되어 깊은 샘으로 녹아든 다음에 멜로디로 바뀌었다는 것을, 또 그것이 수백 개의 황금의 관을 통해 솟아오르며 인간의 모든 고통과 행복을 쉼 없이 쏟아 냈다는 걸 알고 있다.

이 모든 것을 이해하고, 다가오는 죽음의 그림자를 예감하는 사람은 오이게니뿐이다.

2 아름다운 라우 이야기

「아름다운 라우 이야기」는 뫼리케의 『슈투트가르트의 후첼만(Das Stuttgarter Hutzelmännlein)』(1853)에 삽입된 동화다. 『슈투트가르트의 후첼만』은 어느 어리숙한 구두장이의 세상 구경과 행복을 찾아가는 과정을 다룬 작품으로, 여기서 문제가 되는 것은 주인공의 성장, 그중에서도 성적 성숙이다. 주인공 제페는 고아에다 직장에서도 밀려난 외톨이지만, 슈투트가르트에서 울름에 이르는 그다지 길지 않은 여행을 통해 세상을 경험하고 여러 가지 직업을 전전한 뒤, 일 년 만에 어른이 되어 고향으로 돌아온다.

슈투트가르트의 후첼만

슈투트가르트에 사는, 별 재능 없는 구두장이 제페는 직장에서 쫓겨난다. 그래서 여행을 떠나려고 하는데, 마침 전날 밤에 후첼만이라는 이름의 도깨비가 나타난다. 그 도깨비는 제페에게 '행운의 신발'과 한 입만 남겨 놓으면 다시 새것이 되는 '후첼 빵'을 준다. 후첼 빵은 말린 과일과 잘게 부순 견과를 넣어 구운 거무스름한 빵으로, 후첼만은 처음으로 이 빵을 만들었다고 알려진 검정 도깨비다.

제페는 울름으로 가서 블라우토프 호수를 구경하고, 그 호수에 얽힌 옛날이야기를 듣는다. 하지만 실수로 구두를 짝짝이로 신은 그는 행운을 놓치고 만다. 그때 그의 뒤바뀐 구두 한 짝을 프로네라는 아가씨가 찾아 준다. 제페는 여러 종류의 직업을 마음을 두지만 적당한 것을 구하지 못하고, 잘못된 연애로 하마터면 목숨을 잃을 뻔한다.

거의 일 년 동안의 시간이 흐르고 떠돌이 생활에 지친 제페는 고향으로 돌아간다. 그런데 마침 고향 슈투트가르트에서는 태수의 딸이 결혼하여 장터에서 줄타기 시합이 열린다. 이때 제페가 놀라운 실력을 발휘하고, 프로네도 그 시합에 도전한다. 밧줄 위에서 만난 두 남녀는 기적의 신발 덕분에 놀라운 실력을 보여 주고, 마을 사람들의 축복을 받으며 약혼한다. 결혼식 날, 제페와 프로네는 더 이상 행운의 신발을 신지 않겠다고 다짐한다. 완전한 행복을 얻었기 때문이다. 행복한 가정을 꾸린 제페는 '마이스터 제화공'이 되고, 존경받는 시민이 되어 안락한 여생을 누린다.

아름다운 라우 이야기

라우는 울름의 근처, 블라우보일렌 호수에 사는 긴 머리카락과 푸른 눈을 지닌 물의 요정이다. 아이를 낳지 못한다는 이유로 도나우 강의 정령인 남편에게서 쫓겨난 그녀는 시녀 몇 명만 대동하고 이곳 호수로 온다. 라우는 진심으로 다섯 번 웃으면 저주에서 풀려나 남편에게 돌아갈 수 있지만 그건 생각만큼 녹록한 일이 아니다. 매년 그녀가 다섯 번을 웃었는지 확인하려고 찾아오는 사신들에게, 라우는 달라지지 않은 모습을 보여 줄 뿐이다.

아름답지만 행복하지 못한 라우는 하루에 여섯 번씩 진귀한 옷으로 갈아입어도 지루하기만 하다. 그래서 가끔씩 물 위로 몸을 내밀어 바깥세상을 구경한다. 그러다가 호숫가 여인숙의 아주머니와 친해진 라우는, 몰래 그곳으로 놀러 다니게 된다. 이 여인숙의 아주머니는 근처 수도원장의 추근거림에도 당당히 대처하면서 아들, 딸, 손주와 함께 즐겁게 살고 있다. 라우는 이곳을 드나들면서 촌스러운 시골 아낙네의 옷을 빌려 입고 깔깔 웃어 댄다. 그뿐만 아니라 갖가지 부엌살림을 진지하게 구경하고, 아기와 아이의 변기를 흥미롭게 살피고는 동네 여인들과 웃고 떠들면서 수수께끼를 즐기기도 한다. 특히 라우는 수도원장이 여인숙 아주머니에게 강제로 입맞춤을 시도하다가 하느님에게 발각되어 혼나는 꿈을 꾸고 크게 웃는다.

그러던 어느 날, 여인숙에서 놀고 있던 라우는 남편의 갑작스러운 방문 소식에 급히 호수로 돌아가려고 서두르지만, 물갈퀴 때문에 넘어지고 만다. 여인숙의 큰아들은 그녀를 안아서 옮기다가, 느닷없이 남들에게 자랑하고 싶은 욕심에 라우에게 입맞춤을 한다. 그 광경을 목격한 라우의 시녀는 큰아들의 따귀를 때리지만, 라우는 온 동네가 떠나갈 정도로 크게 웃어 젖힌다. 이것으로 라우는 저주로부터 벗어난다. 라우는 남편과 행복하게 해후하고, 여인숙 식구들에게는 갖가지 귀한 선물을 나누어 준 다음에 고향으로 돌아간다.

특이한 동화

큰 틀을 이루는 『슈투트가르트의 후첼만』이 남성의 성장 과정을 보여 준다면, 여기에 삽입된 작은 이야기 「아름다운 라우 이야기」는 여성의 성장 과정을 이야기한다. 「아름다운 라우 이야기」에서 흥미로운 점은, 주인공이 물의 요정인 데다 불행한 기혼의 여성이라는 사실이다. 익히 알려진 대로 전통 민담, 혹은 동화에서 남성 주인공은 대개의 경우 세간의 인정을 받지 못한 못난이인데, 어떤 계기로 집을 나와 바보스럽지만 착한 행동으로 아름답고 총명한 상대 혹은 공주를 만나 사회적으로 상승, 출세하곤 한다. 한편 여성 주인공의 경우엔 계모에게 구박을 받던 소녀가 집을 나와 목소리, 외모, 착한 심성, 부지런한 행동 등 어떤 장점이 왕족이나 귀족의 눈에 띄어 신분 상승을 이루곤 한다.

뫼리케의 큰 이야기 『슈투트가르트의 후첼만』은 민담의 전통적인 진행 과정을 따르지만, 작은 이야기 「아름다운 라우 이야기」는 전혀 다른 방식으로 진행된다. 이를테면 라우는 애초부터 도나우 강의 왕비로 남부러울 것이 없다. 그녀의 약점은 우울증과 거기에서 비롯된 불임으로, 그 병증은 뜻밖에도 호숫가 여인숙 여인들의 활기차고 명랑한 생활을 보고 배움으로써 치료된다. 인간 세계의 생활엔 성적 대담함도 포함되는데, 라우는 꿈속에서 여인숙의 여주인으로 등장해 수도원장에게 종탑까지 메아리칠 정도로 요란한 키스를 받는다. 그녀는 이 꿈을 꾸면서 호수의 수면에 파문이 일어날 만큼 가슴을 쿵쾅거린다. 그러던 어느 날, 남편의 갑작스러운 방문 소식에 라우는 혼절하고 여인숙 여주인의 건장한 아들에게 안겨 호수로 옮겨진다. 그 와중에 아들로부터 장난스러운 강제 입맞춤을 당한다. 이 뻔뻔한 행동을 본 라우의 시녀는 여인숙 아들의 뺨을 때리지만, 정작 라우는 예전 꿈속에서 수도원장이 도망가는 모습을 보았을 때처럼 신나게 웃기만 한다. 이윽고 남편과 행복하게 재회한다.

「아름다운 라우 이야기」는 우울한 물의 요정 라우가 행복해지는 방법을 배우고, 남편과 함께 집으로 돌아가는 것으로 끝난다. 행복은 가정, 부부 관계, 사소한 일상에 기초한 것이었다.

비더마이어의 인생관

1815년 '빈 회의'에서 1848년 '3월 혁명'에 이르는 약 30년간, 흔히 '빈 체제(Wiener System)'라고 하는, 즉 메테르니히가 주도한 복고 시대의 독일어권 문학에선 전혀 다른 두 가지 현상이 나타난다. '청년 독일파(Junges Deutschland) 운동'과 '비더마이어(Biedermeier) 사조'다. 전자는 정치적, 시대 비판적 문학 경향으로 하이네, 구츠코, 뷔히너, 라우베 같은 사회 참여적 작가들이 주도했다. 나머지 다른 하나는 슈티프터, 그릴파르처, 드로스테휠스호프, 뫼리케, 레나우 등 비정치적이면서 보수적 성향의 작가들이 이끌어 나갔다. 후자의 작가들은 사회보다 개인의 영역과 가정에 관심을 가졌으며, 따라서 이들 비더마이어 작가들의 인생관은 관조적이고 체념적이었다. 평화와 질서, 신앙, 가정의 행복에 큰 가치를 두었던 이들은, 나폴레옹 전쟁을 겪으면서 변혁에 환멸을 느낀 소시민계층의 정서를 반영한다. 목사로서 한평생 고향을 그다지 떠나지 않았던 뫼리케에게도 행복은 소박하고 작은 것, 가정의 일상에서 얻을 수 있는 기쁨이었다.

낭만주의 시대의 동화에서 행복하게 그려졌던 요정은 뫼리케의 「아름다운 라우 이야기」에서는 불임으로 고통받는 슬픈 왕비로 등장한다. 그녀는 분노하면 호수의 물을 뒤집어 호숫가 언덕을 쑥대밭으로 만든다. 여기서 행복한 사람은 물의 요정이자 왕비인 라우가 아니라, 호숫가에서 여인숙을 운영하는 후덕한 아주머니다. 이 평범한 여인은 봄이 되면 호숫가를 말끔히 정리하고 씨를 뿌린다. 자연에 순응하며 현실을 기꺼이 받아들인다. 가끔씩 근처의 수도원장에게 희롱을 받곤 하지만, 그저 장난이라 여기며 웃어넘긴다. 여주인은 물갈퀴가 달린 요정 라우를 아무런 거리낌 없이 친구로 맞아들이고, 집 안을 보여 주기도 한다. 또 라우에게 불편한 요정의 옷 대신에 편안한 시골 여인의 옷을 입혀 주고, 함께 놀이하고 노래도 부른다. 라우는 호수 아래에서 호화로운 옷가지로 치장하고, 시녀들의 시중을 받으면서 구경했던 그 어떤 광대놀이로도 얻지 못했던 즐거움을 여인숙의 사람들과 부대끼며 비로소 경험한다. 결국 라우는 마음속에서 우러나온 웃음을 통해 우울증을 극복하고, 남편과 함께 집으로 돌아간다. 곧 아기를 안고 블라우보일렌 호숫가의 여인숙을 다시 방문하리라 약속하면서 말이다. 우리는 이 짧은 이야기에서 낭만주의에서 사실주의로 나아가는 시대적 전환을 예감할 수 있다.

「돈 조반니(Don Giovanni, K. 527)」

모차르트의 「돈 조반니」는 2막으로 이뤄져 있는데, 1막은 스무 개의 장면, 2막은 열일곱 개의 장면으로 구성되었다. 연주 시간은 1막 1시간 30분, 2막 1시간 20분으로, 총 2시간 50분이다. 「피가로의 결혼」, 「여자는 다 그런 것」과 함께 모차르트가 남긴 3대 '오페라 부파(opera buffa)'로 일컬어진다. 모차르트는 이 오페라를 '드라마 조코소(dramma giocosos, 해학곡)'라고도 불렀다.

등장인물

돈 조반니(바리톤)

돈나 안나(소프라노)

기사단장(돈나 안나의 아버지, 베이스)

돈 오타비오(돈나 안나의 약혼자, 테너)

레포렐로(돈 조반니의 하인, 베이스)

돈나 엘비라(부르고스에서 왔으며 돈 조반니한테 버림받은 여성, 소프라노)

마제토(농부, 베이스)

체를리나(마제토의 약혼녀, 소프라노)

농부와 아낙들

악대

장소: 스페인의 어느 도시, 17세기.

줄거리

1막

기사단장의 집 정원. 조반니는 안나를 유혹하려고 집 안으로 숨어든다. 조반니의 하인 레포렐로가 집 밖에서 망을 본다. 변장한 조반니를 안나가 바깥으로 내쫓는다. 조반니가 안나의 아버지(기사단장)를 찌르고 도망간다. 안나의 약혼자 돈 오타비오가 달려와 기사단장의 죽음에 대해 복수를 맹세한다.

조반니 저택 바깥의 광장. 연인에게 차여 복수를 다짐하는 여인이 등장한다. 조반니는 그녀가 최근에 자신이 차 버린 엘비라인 것을 깨닫고 급히 자리를 피한다. 레포렐로가 엘비라에게 조반니가 만난 수많은 애인들의 이름을 읽어 주며 달래 보지만 엘비라는 복수를 다짐한다.

마제토와 체를리나의 결혼식. 첫눈에 체를리나에게 반한 조반니는 자신의 저택에서 연회를 베풀어 그녀를 유혹하려고 한다. 조반니가 그녀를 유혹하느라 정신이 팔린 사이에, 엘비라가 도착한다. 안나와 오타비오도 아버지를 죽인 살인자에게 복수하기 위해 도착한다. 그런데 안나는 조반니가 원수(살인자)인 줄도 모르고 그에게 도움을 청하고, 조반니는 정체를 숨긴 채로 계속 안나를 유혹한다. 그때 엘비라가 나타나 조반니가 최근에 자신을 배신했다고 말한다. 조반니의 정체가 밝혀진다.

조반니는 체를리나를 유혹한다. 레포렐로는 체를리나와 마제토를 연회장으로 안내하고, 가면을 쓴 세 명의 손님을 더 불러들인다. 그런데 이들은 엘비라와 오타비오, 안나다. 도움을 청하는 체를리나의 목소리가 들린다. 조반니는 도망친다.

2막

엘비라의 집 바깥. 조반니는 엘비라의 하녀를 유혹하려고, 레포렐로에게 자신과 망토랑 모자를 바꿔 입자고 설득한다. 엘비라가 창가로 나온다. 조반니는 레포렐로에게 자신의 옷을 입혀 보낸다. 조반니는 엘비라의 하녀를 유혹한다. 조반니를 찾아다니던 마제토 일행이 도착한다. 레포렐로로 변장한 조반니는, 그들에게 자신도 조반니를 잡아 죽이고 싶다고 말한다.

컴컴한 안마당에서 조반니로 변장한 레포렐로가 엘비라를 떠나려는 순간, 오타비오와 안나가 도착한다. 체를리나와 마제토도 들이닥쳐 조반니를 잡는 데 성공한다. 안나와 오타비오도 함께 그를 포위한다. 하지만 망토를 벗자, 그가 레포렐로라는 사실이 밝혀진다.

조반니의 저택. 조반니가 레포렐로의 시중을 받으며 식사를 한다. 엘비라가 비명을 지르며 들어오더니 다른 쪽 문으로 사라진다. 레포렐로 역시 비명을 지르며 들어와서 문을 잠근다. 문을 두드리는 소리에 레포렐로는 탁자 밑으로 숨는다. 오케스트라의 강렬한 음향이 울려 퍼진다. 조반니가 두려움에 떨며 문을 연다. 석상이 등장한다. 조반니가 레포렐로에게 손님의 식사를 가져오라고 하자, 석상은 "먹으러 온 것이 아니다."라고 말한다.

석상이 "마지막 기회이니 개심하라."라고 말하지만, 조반니는 끝까지 버틴다. "이젠 시간이 없다."라며 석상이 퇴장한다. 그러자 주위가 불길에 휩싸이며 천지가 진동한다. 조반니가 공포에 떠는 동안, 땅속으로부터 "죄에 대한 인과응보!"라는 합창이 울려 퍼진다. 고통스러운 고함 소리와 함께 조반니는 지옥의 불속으로 떨어진다. 안나, 오타비오, 마제토, 체를리나가 함께 등장한다. 레포렐로가 사건의 전말을 설명한다. 안나는 오타비오에게 일 년 뒤에 결혼하자며 약혼한다. "악한자는 벌을 받는다."라는 모든 이들의 합창과 더불어 막이 내린다.

2막의 마지막 장면
레포렐로, 돈나 안나, 돈나 엘비라, 돈 오타비오, 체를리나, 마제토와 형리

돈나 엘비라, 체를리나, 돈 오타비오, 마제토
악당은 어디 있나?
죄인은 어디 있나?

이제 그에게
원수를 갚겠네.

돈나 안나
그 자가 사슬에 묶여
신음하는 꼴을 봐야
내 괴로움이 아물 거야.

레포렐로
그를 다시 볼 수 없어요.
찾아봐도 소용없습니다.
먼 곳으로 가셨습니다.

모두
무슨 일이 일어났지? 말하라, 어서.

레포렐로
석상이 이곳으로 와서……

모두
말하라, 어서.

레포렐로
아, 말할 수 없습니다.
안 돼요, 더 이상 말 못 해요.

모두
어서 말하라. 말하라, 어서.

레포렐로
연기와 불꽃이 일어나……
숨을 쉴 수 없었어요. 석상이……
그만, 더 이상 말 못 합니다.
여기서, 저 아래로, 끔직한 쿵 소리와 함께
악마가 그곳으로 데려갔습니다.

모두
맙소사, 이게 무슨 말인가!

레포렐로
저의 말 그대로입니다.

모두
그건 유령이었어.

돈 오타비오
내 사랑, 하늘이 우리의
복수를 해 준 것입니다.
더 이상 거부하지 말아요.
당신에게 이렇게 청혼합니다.

돈나 안나

사랑하는 당신, 일 년만 기다리세요.

내 가슴의 상처를 지울 수 있도록.

돈 오타비오

오직 당신만을 사랑하며

당신께 내 마음을 바칩니다.

돈나 안나

오직 당신만을 사랑하며

당신께 내 마음을 바칩니다.

돈나 엘비라

나는 수녀원으로 들어가

그곳에서 생을 마치렵니다.

체를리나와 마제토

마제토와 함께 집으로 돌아가서

저녁 식사를 할 거예요.

마제토

우리 체를리나(마제토), 어서

집으로 가서 저녁을 먹어요.

레포렐로

나는 여인숙으로 가서

좀 더 좋은 주인 찾아볼게요.

체를리나, 마제토, 레포렐로
악마와 함께 묶인 채로
지옥의 바닥에서 그는 속죄한다.
하지만 선량한 우리들은
기쁘고 즐겁게 오늘 이렇게
아름다운 옛 노래를 부른다.

돈나 안나, 돈나 엘비라
악한 자는 벌을 받는다.

모두
악한 자는 벌을 받는다.
살아서든 죽어서든 그가
뿌린 씨앗을 거둬들인다.

연보

1804   루트비히스부르크에서 출생.

1818   부친 사망, 슈투트가르트로 이주.

1822-1826   튀빙겐 대학교에서 신학 공부.

1826   시골에서 목사로 활동하면서 시를 쓰기 시작.

1829   약혼했다가 1833년에 파혼.

1832   자전적 소설『화가 놀텐(Maler Nolten)』발표.

1834   목사 생활.

1838   처음으로 시 출간.

1843   목사직에서 퇴직.

1846   『보덴 호의 목가(Idylle vom Bodensee)』발표.

1850-1851   『프라하로 여행하는 모차르트(Mozart auf der Reise
            Prag)』발표.

1851   마가레테 폰 슈페트와 결혼.

1852   튀빙겐 대학교에서 명예 법학 박사 학위 취득.

1853   『슈투트가르트의 후첼만(Stuttgarter Huzelmaennlein)』
            발표.

1855	첫째 딸 출생.
1857	둘째 딸 출생.
1866	은퇴.
1871	아내와 별거.
1875	슈투트가르트에서 사망.

옮긴이
박광자

충남대학교 독문학과 명예 교수며 한국헤세학회 회장을 역임했다. 저서로 『독일 영화 20』, 『괴테의 소설』, 『헤르만 헤세의 소설』, 『독일 여성 작가 연구』가 있으며, 옮긴 책으로는 마를렌 하우스호퍼의 『벽』, 아델베르트 폰 샤미소의 『페터 슐레밀의 기이한 이야기』, 헤르만 헤세의 『싯다르타』, 괴테의 『시와 진실』, 슈테판 츠바이크의 『마리 앙투아네트 베르사유의 장미』(공역), 로베르트 발저의 『산책』 등이 있다.

프라하로
여행하는
모차르트

1판 1쇄 펴냄 2017년 6월 30일
1판 3쇄 펴냄 2020년 12월 30일

지은이 에두아르트 뫼리케
옮긴이 박광자
발행인 박근섭, 박상준
펴낸곳 (주)민음사

출판등록 1966. 5. 19. 제16-490호
서울특별시 강남구 도산대로1길 62(신사동)
강남출판문화센터 5층 06027
대표전화 02-515-2000 팩시밀리 02-515-2007
www.minumsa.com

ISBN 978 89 374 2913 2 04800
ISBN 978 89 374 2900 2 (세트)

* 잘못 만들어진 책은 구입처에서 교환해 드립니다.